Ralf Tissen
Odyssee einer Pilgerschaft
Eine mystische Erzählung

Spindel & Buch

Ralf Tissen

Odyssee einer Pilgerschaft

Trilogie / Buch I

Eine mystische Erzählung

Spindel & Buch

Bibliografische Information der Deutschen Nationalbibliothek: Die Deutsche Nationalbibliothek verzeichnet diese Publikation in der Deutschen Nationalbibliografie; detaillierte bibliografische Daten sind im Internet über dnb.dnb.de abrufbar.

Die automatisierte Analyse des Werkes, um daraus Informationen insbesondere über Muster, Trends und Korrelationen gemäß §44b UrhG („Text und Data Mining") zu gewinnen, ist untersagt.

1. Auflage 2025
© 2025, Spindel & Buch, Ralf Tissen
Sattelhof 17, 79650 Schopfheim
Spindel & Buch Taschenbuch
www.ra-arts.de

Verlag: BoD · Books on Demand GmbH,
Überseering 33, 22297 Hamburg, bod@bod.de
Druck: Libri Plureos GmbH, Friedensallee 273, 22763 Hamburg

ISBN 978-3-7693-1627-8

Umschlaggestaltung und Satz:
Weiß-Freiburg Grafik und Buchgestaltung

Inhalt

Denn, um es endlich auf einmal herauszusagen,
der Mensch spielt nur,
wo er in voller Bedeutung des Wortes
Mensch ist, und
er ist nur da ganz Mensch,
wo er spielt.

Friedrich Schiller / Über die ästhetische Erziehung des Menschen
Brief Nr. 15

Der Traum

Wie zu jeder vollen Stunde holte das Pendel der Kirchenglocke aus, um die Zeit anzukündigen. Genau in diesem Augenblick betrat Ramon den Vorhof einer Schule, der gefüllt war mit aufgebrachten Schülern. Einige von ihnen versuchten, ins Schulgebäude einzudringen, wurden aber von kräftigen Männern an der Eingangstür zurückgehalten. Unbeirrt von den Aggressionen und dem Gedränge am Eingang, betrat Ramon das Schulgebäude. Die Wächter ließen ihn passieren, ohne ihm viel Aufmerksamkeit zu schenken. Wieso er das Gebäude betrat und weshalb man gerade ihm Einlass gewährte, um was für eine Schule es sich handelte und wozu der ganze Aufstand diente, all das interessierte ihn nicht. Nicht einmal die Frage entstand in ihm.

Er betrat den Korridor des Gebäudes, gleichsam ohne eigenen Willen, ohne Absicht, so als füge er sich seiner Bestimmung. Alles, was geschah, zog an ihm vorbei wie Wasser in einem Fluss. Ihn schien niemand zu beachten. So stand er im Korridor und schaute dem Treiben der anderen Menschen teilnahmslos zu, bis sein Blick an dem glänzend schwarzen Haar einer Frau nahe ihm haften blieb. Sie befand sich in einem Gespräch mit einigen Anwesenden. Obschon Ramon ihre Worte vernahm, horchte er nicht auf ihren Inhalt. Als hätte sie bemerkt, dass jemand sie beobachtete, drehte sich die Frau zu ihm um. Ramon spürte ihren Blick genauso intensiv wie ihre Hand auf seiner Schulter, wodurch seine Aufmerksamkeit für alles andere verblasste. Sie besaß ein gewogenes Lächeln. Als sie ihn ansprach, zeugten ihre Worte von einer gestochen scharfen Klarheit. Er fühlte sich vollkommen von ihrer bildhaften Sprache durchdrungen. Doch so schön es klang, wie sie es sagte, so abschreckend wirkte auf ihn, was sie sagte. Als wären sie einander schon lange vertraut, teilte sie ihm mit, wie sein Verstand alle Farben des Regenbogens aufweise, doch seine Seele eingeengt und schwarz sei.

Abgeneigt über ihre Aussage, taumelte er gedankenversunken durch den Flur und öffnete eine der vielen Türen. Er trat ein und fand sich in einem Theater wieder, in dem eine Vorführung stattfand. Unaufmerksam folgte er der Handlung des Schauspiels. Es handelte sich um ein Drama. Über die verbotene Liebe zweier junger Menschen. Als das Liebespaar sich endlich küsste, bemerkte er mit einem Mal, dass er am Rand des Proszeniums stand. Zu seinem Entsetzen trug er ein Kostüm. Unbeholfen streckte er seine Arme aus, um sich zu betrachten. Dabei breitete sich sein schwarzer Mantel aus, als habe er Flügel. Er fühlte sich wie eine Fledermaus. Erst jetzt erkannte er, dass er Teil der Inszenierung war. Plötzlich spürte er die Blicke der Zuschauer auf sich gerichtet. Was erwarteten sie von ihm? Welche Rolle hatte er zu spielen? Alles, was er in diesem Moment wollte, war, so unauffällig wie möglich von der Bühne zu verschwinden. Aber er konnte nur wie angewurzelt stehen bleiben. Bei dem Versuch, etwas zu sagen, spürte er, wie ausgetrocknet sein Mund war. Ein dicker Kloß im Hals verhinderte jegliches Sprechen. Ein Ausweg aus der peinlichen Situation schien aussichtslos. Sein Herz pochte wild, der Puls raste, Adrenalin schoss in seine Fingerspitzen. Ein pulsierendes Dröhnen besetzte seinen Kopf, der zu bersten drohte. Kein Gedanke war mehr vorhanden. Leere! In diesem Moment größter Verzweiflung schlug das Pendel endlich gegen die Kirchenglocke.

Ramon erwachte, da sich seine Kammer, unweit vom Glockenturm der Kirche, mit läutendem Klang füllte. Mehr mechanisch als bewusst zählte er die gleichmäßig tönenden Glockenschläge, welche die volle Stunde ankündigten. Noch im Traum verbleibend, gliederten sich seine Gedanken, doch beim letzten Glockenschlag wurde ihm klar, dass er verschlafen hatte. Das Einzige, was in diesem Moment von ihm erwartet wurde, war, pünktlich auf seiner Arbeit zu erscheinen, die beim ersten Glockenschlag begann, und zwar genau dort, wo der Klang herkam: Gelegentlich verdiente er sich sein Geld als Restaurator in einer der Kirchen.

Doch diese Sorge berührte ihn nicht, da die Bilder des Traumes noch stark in ihm nachklangen. Schweiß rann über seinen Körper. Zu viele Gefühle durchzogen ihn. Sein Geist rang nach Klarheit.

Teil 1
Der Aufbruch

Mitten in dem fruchtbaren Reich der Kräfte
und mitten in dem heiligen Reich der Gesetze
baut der ästhetische Bildungstrieb unvermerkt
an einem dritten fröhlichen Reiche des Spiels
und des Scheins, worin er dem Menschen
die Fesseln aller Verhältnisse abnimmt
und ihn von allem, was Zwang heißt, sowohl
im physischen als im moralischen entbindet.

F. Schiller / Ästhetischer Brief Nr. 27

Ramon

Die jugendliche Unbeschwertheit bereits seit Jahren hinter sich gelassen, übertrug der beschrittene Lebensweg auf Ramon nahezu flüchtige Spuren von Abgeklärtheit in sein zartes Wesen. Sein Erscheinungsbild zeugte von einer unauffälligen Natur. Von Statur groß und schlank, aber nicht zu groß und auch nicht zu schlank. Kaum sportlich, aber äußerst beweglich. Kein Blender, aber auch nicht abstoßend. Ungekämmtes, dünnes blondes Haar, das bei jedem Windstoß von Neuem versuchte, eine Frisur zu sein, umwehte sein Gesicht, das einige feminine Merkmale aufwies.

Alles in allem war er auffällig unauffällig, was es ihm erleichterte, unbeachtet seines Weges zu gehen. Durch sein unscheinbares und ebenso unbekümmertes Wesen wirkte er auf seine Umgebung für gewöhnlich jünger, als es der Wirklichkeit entsprach, obgleich einige Lebenserfahrungen markante Spuren in seinen Gesichtszügen erkennen ließen. Das stellte er wieder fest, als er sich im Spiegel sah. Die Bilder des Traumes wirkten fort in seiner Seele, während er sich schwerfällig der Realität bewusst wurde. Sein Spiegelbild anstarrend, schaute er zu, wie das Wasser seiner Morgenwäsche vom Gesicht tropfte. Er beobachtete die kleinen Perlen, die seiner bleichen Haut entglitten, und stellte fest, dass sich nicht alles einfach reinwaschen ließ.

Er war empfindlich gelangweilt von der Aussicht der bevorstehenden Aufgabe. Es handelte sich mal wieder um einen dieser gewöhnlichen Tage, an denen er ausschließlich seine profane Arbeit erfüllen musste. Eine Arbeit, die er weder mit Sinn noch mit Interesse verbinden mochte. Es war jedoch nicht die Aufgabe des Arbeiters, nach einem Sinn zu fragen, sondern lediglich, den Auftrag durchzuführen. Für einen Tagelöhner wie Ramon war das oberste Gebot, den Meistern der Zunft zu gehorchen.

Das Geschick des Handwerks hatte er nicht auf ordentliche Weise erlernt, wie im Gewerbe gang und gäbe. Doch Gehorsamkeit war ihm durch sein ehemaliges Klosterleben umso mehr vertraut. In der Abgeschiedenheit der Abtei hatte er einen Lebensabschnitt seiner jungen Jahre verbracht, um Illumination zu erlangen.

Die Erfahrung lehrte ihn, dass auch innerhalb der ummauerten Geistigkeit das Leben vom Alltag bestimmt wurde. Wie das Handwerk fand er auch die spirituelle Zunft vorrangig mit gewöhnlichen Klosterarbeiten ausgefüllt.

Während dieser strengen Zeit des Verzichts auf Komfort, welche das Mönchstum forderte, wurde die handwerkliche Tätigkeit, die er im Kloster durch Restaurationen erlernen durfte, zu einer willkommenen Abwechslung. Da in dieser abgegrenzten Welt Zeit keine wesentliche Rolle spielte und Arbeit als ein Prozess behandelt wurde, der gewissenhafte Durchführung abverlangte, beinhaltete die Tätigkeit Ästhetik. Und dieses Verständnis der Ästhetik war es, das er im gewerblichen Handwerk oft vermisste.

Dazumal lernte er durch das Kopieren von Formen mehr und mehr, Hand, Werkzeug und Material zu vereinen. Im Erleben dieser Einheit erwachte ein neues Verständnis der Verknüpfung in ihm. Einfühlsam intensivierte er fortwährend seine Arbeitsprozesse, sodass sie zu Arbeitsexzessen heranwuchsen. Seine gewissenhafte Art der Durchführung wurde im Kloster überaus geschätzt. So war es nicht besonders erstaunlich, dass man ihn zunehmend mit anfallenden handwerklichen Arbeiten beauftragte. Schließlich wurden aus kleinen Renovierungsarbeiten größere Umbauten. Ob körperlich schwere Tätigkeiten oder komplexe Konstruktionen, Ramon erledigte sie mit einer Selbstdisziplin und Ausdauer, die für seine Glaubensbrüder ebenso ungewöhnlich erschienen wie seine innere Rastlosigkeit.

Obschon das lange Ausharren in Meditation und seine schlichte Lebensführung ihm auf seinem Erkenntnispfad weiterhalfen, brachte es ihn doch nie zur Ruhe. Dieses ungestillte Verlangen, was er nicht zu definieren wusste und im Kloster keine Entsprechung fand, ließ ihn nicht los. Deshalb fühlte er sich nie als ein gebührender Teil der Gemeinschaft.

Besondere Aufmerksamkeit gewann sein Eifer bei einem Meister, der im Kloster ein Sonderling war. Auch wenn es in der Bruderschaft keine Außenseiter gab, so unterschied er sich dennoch von den übrigen durch seine Denkungsart.

Kein Gedankenkonstrukt schien ihm heilig genug, um es nicht zu zergliedern. In jegliches Gedankengebäude drang er ein mit seinem zweischneidigen Schwert der Erkenntnis und trennte den Schein vom Tatsächlichen. Jeder seiner Gedanken glich einem sauberen Schnitt. Diese Art des verständigen Schwertkampfes lehrte er Ramon sehr ausgiebig. Obwohl Ramon nicht verstand, warum der Meister gerade mit ihm so viel Zeit verbrachte, schätzte er die Stunden des Lernens über alle Maßen.

Im Diskurs wuchs ein Hochmut in ihm heran, ein Überlegenheitsgefühl gegenüber Weltanschauungen, Glaubensrichtungen, Lebensweisheiten und sonstigen Klugheiten. Es lag an ihm, ob er sie gewähren ließ oder mit dem zweischneidigen Schwert gedanklich durchtrennte, um sie vernichtend zu zerlegen.

Doch da der Meister immer mehr Erwartungen gegenüber seinem Schüler hatte und somit immer ungestümer ihm gegenüber wurde, wurden die Auseinandersetzungen mit der Zeit provozierender und herausfordernder. Ramon verstand nicht das Anliegen des Meisters. Worauf wollte er hinaus?

Als eines Tages die Spannung zwischen ihnen drohte, sich zu überdehnen, schlug Ramon den Meister mit seinen eigenen Waffen. Nicht mehr aufzuhalten in seinem Kampfgeist, überwältigte er in seiner verbalen Abwehr den Konfrontierenden. Doch die Argumente gestatteten nicht ausreichend Respekt vor dem Persönlichen. Der Abfall in das intim verletzliche Wesen bestürzte Ramon zutiefst. Das war der Zeitpunkt, von dem ab er wusste, dass es für ihn – an diesem Ort – nichts mehr zu lernen gab. Umgehend verließ er das Klosterleben mit dem Wissen, dass kein Weg mehr zurückführen würde.

Nachdem er seine Fähigkeiten in der spirituellen Gemeinschaft erworben hatte, wollte er die Welt ohne Grenzen zwischen Diesseits und Jenseits kennenlernen. Ohne Klostermauern, in der die Moral neingekerkert wurde. Die Welt erfahren, wie sie war. Ganz unkaschiert den tiefen Urwald der Menschlichkeit durchforsten. Erfahren, was Menschen bewegte, die nicht danach strebten, den übergeordneten Sinn zu ergründen. Also stürzte er hinein in sein neues Leben. Jedoch musste er nachfolgend feststellen, dass den weltlichen Menschen außerhalb der irdischen Anziehungskraft sehr wenig bewegte.

Was er wiederholt vorfand, war ein stetes Ringen um Macht und Erfolg. Eine Suche nach Bestätigung. Hinterfragt wurde dabei wenig Tiefgründiges. In diesem Meer von Wünschen und Vorstellungen fehlte es auch nicht an fortlaufenden Angeboten und neuen Propheten, die noch besser wussten, wonach man sich tatsächlich sehnte. Sehnsucht wurde zu einer bezahlbaren Ware deklariert. Ein Bedürfnis, welches durch entsprechenden Konsum Befriedigung fand. Gut für den, der sich Befriedigung durch Warenhandel leisten konnte. So lernte Ramon den weltlichen Glauben kennen. Einen Glauben, den er keinesfalls mit seinen Mitmenschen teilen konnte. Somit war er auch nicht Teil der weltlichen Gemeinschaft geworden, so sehr er es auch versucht hatte.

Das alles sah er vor seinem inneren Auge, als er im Spiegel beobachtete, wie die Tropfen von seinem Gesicht perlten. Er fühlte sich leer durch ein Leben der Sinnlosigkeit. Zu viele Jahre des Bemühens um Anerkennung. Zu viele Orte, an denen er geduldet, aber nicht gewollt war. Zu viel Kenntnis, welche bestaunt, aber nicht vonnöten war. Zu viele Erfahrungen, die er nicht unterzubringen vermochte. Zu viel Arbeit, die zu wenig honoriert wurde. Zu viel vom Zuwenig. Es war wieder einmal der Zeitpunkt erreicht, an dem er einen wesentlichen Entschluss fällen musste. In dem er sich löste von den Erwartungen, die man an ihn stellte. Vorrangig, um seinen eigenen Weg zu finden.

Fest entschlossen packte er seine Siebensachen zusammen. So verließ er das Dorf, ohne sich zu verabschieden oder sich anderweitig zu erklären. Wozu noch? Innerlich war er längst weit weg.

Da Ramon viel Zeit damit verbrachte, durch Wälder zu streifen, um seinen inneren Frieden zu finden, war seine erste Reisestation der nahe gelegene Wald. Ein besonders herrlicher Buchenwald. Er liebte Buchen. Ihre vehement lichtabsorbierende Eigenschaft, welche ausgedehnte Schatten durch ihre dichte Belaubung erzeugte, ließ sie tiefgründig erscheinen.

Nach langer Wanderung fand er inmitten des Waldes einen Baumkreis. Das grüne, dichte Blattwerk, durch dessen einzelne Maschen die Sonnenstrahlen glitzerten, wirkte wie eine bemalte Kuppel. Ein belebtes Bild, das durch einen leichten Windhauch in sanfter Bewegung beeindruckte.

Er legte seinen Rucksack ab und betrat das Innere der Kuppel. Im Zentrum ragte ein Granitstein hervor. Er war kubisch. Das natürliche Tableau hatte den Anschein einer von Gott geschaffenen Kapelle, deren Herzstück ein Altar war. Ramon umkreiste diesen häufig und zügig. Im Rundgang konzentrierte er sich mit voller Hingabe auf seinen inneren Streit. Bemüht, in jeder Runde eine seiner unbefriedigten Erwartungen aufzuzählen. Viele Umkreisungen bis zum Schwindel folgten. Es war an der Zeit, die Hieb- und Stichwaffen der Auseinandersetzung für den inneren Frieden dem unbehandelten Altar zu opfern. Entkräftet von seinen inneren Kämpfen, doch erleichtert über den Entschluss, alles hinter sich zu lassen, lehnte er schließlich entspannt am Stein. Das Schwert des Kampfes konnte abgelegt werden. Seine Vergangenheit, die er unentwegt mit fehlender Zugehörigkeit in Verbindung brachte, musste begraben werden, damit der Quell der Hoffnung geboren werden konnte.

Nach dem Ritual der Versöhnung überkam Ramon eine starke Müdigkeit und er ruhte auf dem Stein, auf dem er bald einschlief.

Als er erwachte, wusste er nicht, wie lange er in Schlaf versunken gewesen war. Er hatte keine Zeit, darüber nachzudenken, denn sogleich bemerkte er einen Mann im Baumkreis. Es war der Blinde, der einsiedlerisch im Wald hauste. Im Dorf wurde des Öfteren über ihn erzählt. Es waren eher unglaubwürdige Geschichten, die meistens damit endeten, dass der Alte geistig umnachtet sei. Doch je mehr Geschichten Ramon über ihn zu hören bekommen hatte, desto stärker bezweifelte er, dass es diese Kuriosität überhaupt gab: Man bekam ihn nie zu Gesicht.

Nun fühlte Ramon sich auf einmal durch ihn beobachtet, obwohl er wusste, dass sein Beobachter nicht sehen konnte. Zu seinem großen Erstaunen fragte ihn der Blinde dann tatsächlich, ob das ein bequemer Schlafplatz sei. Selbstsicher stand er Ramon gegenüber. Er besaß eine kräftige Statur, sein Kopf war kantig. Das dünne graue Haar hing ihm über seine Schultern. Besonders auffallend waren seine markanten Gesichtszüge, in denen die zwei blinden Augen verloren erschienen.

Über die plötzliche Begegnung mit dem Blinden an diesem verlassenen Ort war er so erschrocken, dass er sich nicht in der Lage fühlte, zu antworten, und ihn stattdessen schweigend anstarrte. Der Alte, sich wohl seines unerwarteten Auftretens bewusst, brach das Schweigen. Mit einer festen, aber freundlichen Stimme erklärte er, dass er Kräuter und Beeren sammle. Ebenso fragte er Ramon, ob es ihm etwas ausmachen würde, ihn zu seiner Wohnstätte zu geleiten. Seine forsche Nachfrage entschuldigend, stellte er sich vor. Sein Name: Alfredo.

Durch das selbstsichere, doch bescheidene Auftreten des Alten gewann Ramon Vertrauen und willigte ein. Er machte sich ebenfalls bekannt, dann führte er Alfredo durch den Wald, wobei es ihm vorkam, dass er geführt wurde. Der Blinde schien den Wald wie seine Westentasche zu kennen.

Als sie an der Hütte angekommen waren, machten sie es sich in ihrem Innern gemütlich. Ramon hatte jegliches Zeitgefühl verloren. Alfredo entfachte ein Feuer, obwohl es nicht kalt war. Der Herd, vielmehr eine offene Feuerstelle aus groben Steinen, beanspruchte den Großteil der Räumlichkeit. Doch so schlicht alles gebaut war, so wohnlich mutete es an. Der gesamte Innenraum bestand aus einem Zimmer mit einer Empore im Giebel, wo Kräuter trockneten. Alles war nur mit dem Nötigsten eingerichtet, doch es schien an nichts zu fehlen. Auffallend war vor allem die Ordnung des blinden Mannes. Alle Gegenstände hatten ihren Platz. Schränke gab es keine, nur einige Regale gefüllt mit nützlichen Haus- und Lebensutensilien. Töpfe und Pfannen hingen an der Wand neben dem Herd. Sein Bett bestand lediglich aus einigen übereinandergelagerten Schaffellen, die auf einem Rahmen von geflochtenem Bast lagen, mit einer dicken, groben Decke aus Wolle. Für den Winter lagen weitere Decken als Reserve bereit. Mit Wasser wurde er von einer kleinen klaren Quelle neben der Hütte versorgt. Seine Notdurft verrichtete er in einer dafür vorgesehenen winzigen Hütte, in deren Eingangstür auf Augenhöhe ein Herz ausgeschnitten war.

Ramon fühlte sich wohl. Erst als der Alte zu kochen begann, bemerkte er, wie hungrig er war, da er den ganzen Tag noch nichts gegessen hatte. Gemeinsam genossen sie ein köstliches Mahl. Auch an selbst gebrautem Met fehlte es nicht. Und da Männer mit gesättigten Mägen, angeheitert vom Bier, sich leicht anfreundeten, blieben anregende Gespräche nicht aus.

Obwohl sie an Jahren weit voneinander entfernt waren, wussten beide, über ihr Leben und ihre Erfahrungen zu berichten. Während Ramon versuchte, das Leben aus verschiedenen Sichtweisen zu umschreiben, unterbrach ihn der Alte häufig mit kühlen Klarheiten. Er redete in dem unerschrockenen Ton eines entpflichteten Soldaten, der keine seiner Schandtaten bereute. Weiber, Wein und Gesang gehörten zu seiner genussreichen Vergangenheit als sehender Krieger. Der Kämpfer wusste, wie man sich einer Herausforderung stellte. Ein zielorientierter Mensch, für den der Kampf eine Tugend war. Ein rechtes Mannsbild mit allen Wassern gewaschen.

Obwohl der Alte Ramon mit seiner Rücksichtslosigkeit verdutzte, mochte der Jüngere ihn. Besonders, mit welcher Selbstsicherheit der alte Haudegen schonungslos seine Einstellung vertrat. Er gehörte zu dem Schlag Mensch, der sein Leben niemals infrage stellen würde, auch nicht mit einer Suche nach dessen Sinn. Er lebte es.

Der Abend, an dem das eine oder andere Glas sich füllte und wieder leerte, wurde spät. Alfredo zündete seine Pfeife an. Die letzten Worte des Blinden vernahm Ramon nicht mehr hinlänglich. Sein schläfriger Blick fixierte das glimmende Feuer im Herd. Die Stimme des Alten klang zunehmend als ein tiefer Grundton in seinen Ohren. Seine Worte schallten wie ein sich stetig wiederholendes Mantra. Der Rauch lodernder Heilpflanzen benebelte seine Sicht. Die brennenden Kräuter stimulierten seine Nase, ermüdeten seine Stimme. Irgendwann schienen Nebelrauch, Geruch und Klang zu einer Einheit zu verschmelzen, deren Zauber ihn mit sich riss.

Die Pforte

Ramon erwachte auf dem Granit, unter dem er seine Vergangenheit begraben glaubte. Es war helllichter Tag, doch ein hauchdünner Nebelschwaden durchzog die Luft. Sein Kopf fühlte sich benebelt an. Musste das Leben immerzu einem Traum gleichkommen? Er stand auf und schaute im Kreis umher. Sein Blick folgte einem Kahlschlag, wo Sonnenstrahlen zeichnerisch klar im Nebel aufleuchteten. Er war fasziniert von diesem Spiel der gegensätzlichen Elemente, die sich in Licht und Schatten ausdrückten. Es mutete gleich einem lebhaften Wegweiser an. Er wies durch die Lichtung hindurch ins dunkel Belaubte. Also folgte er diesem Zeichen. Er schnallte seinen Rucksack an und schritt auf den unbekannten Weg.

Die Pilgerschaft

Seine ausgiebigen Wanderungen nutzte Ramon gut und gerne zum Nachdenken. Unterdessen beschäftigten ihn Alfredos Worte. Der Alte hatte gesagt, dass er nicht zu viel grübeln, stattdessen besser seine Sinne nach außen lenken sollte. Also blickte er auf und versuchte, die Gedanken auf seine Umgebung zu richten. Kurz darauf sichtete er nicht weit entfernt einen Wanderer. Er hatte einen großen Wanderstock, seine Schritte waren kurz, aber bestimmt. Das Eigenartige, was ihn kennzeichnete, war die große weiße Muschel, die an seinem Rucksack hing. Ramon nahm sich vor, den Wanderer einzuholen, um ihn nach seinem Weg zu fragen.

Als er den Wandersmann erreicht hatte, begrüßte er ihn freundlich. Er musste etwa vom selben Alter wie Alfredo sein, nur dass aus seinem Gesicht junge, strahlende Augen hervorschauten. Ein kurzer grauer Bart umrahmte sein freundliches Lächeln. Sie kamen gleich ins Gespräch, in dem Sam, der Wanderer, ihm erklärte, dass er auf Pilgerschaft sei. Dies verriet die Muschel, die er bei sich trug. Ebenso gab es auf dem ganzen Pilgerweg zur Orientierung Wegweiser, auf denen diese Muschel abgebildet war. Das Ziel: Santiago de Compostela.

Die nächsten Sätze vernahm Ramon nur halb. Was in seinem Kopf herumkreiste, war immer wieder Santiago de Compostela. Ein christlicher Pilgerhort, wo einst der heilige Jakobus missioniert hatte. Deshalb sprach man auch vom Jakobsweg. Ramon mochte keine Missionare und auch nicht die christliche Kirche. Doch Sam, der sehr vertraut mit seinem Weg schien, gab Ramon einige Hinweise zur Pilgerschaft. Nach einiger Zeit des gemeinsamen Laufens bat er Ramon, in seiner eigenen Geschwindigkeit voranzuschreiten. Er sei zu alt, um mithalten zu können. Bevor sie voneinander schieden, erklärte Sam, wo er die erste Pilgerherberge vorfinden konnte. Dort begegne man vielen Pilgern, die sich ebenfalls auf dem Weg befänden.

Sie verabschiedeten sich höflich voneinander und wünschten einander eine gute Reise. Also ging Ramon weiter seines Weges. Er durchzog Berge und Wälder. Nirgends begegnete er weiteren Pilgern. Eines Tages fand er in den einsamen Berghöhen einen Wegweiser, auf dem der Name „Jakobsweg" geschrieben stand. Der Pfeil wies in eine andere Richtung, als er eingeschlagen hatte. Er hielt an und betrachtete den Wegweiser sehr lange. Trotz seiner Vorbehalte übte das Wort eine starke Anziehungskraft auf ihn aus. Was tun? Sein Verstand sagte Nein, doch sein Gefühl sagte Ja. Schließlich willigte sein Verstand ein, da er ein Ziel brauchte. Also änderte Ramon seine Richtung und schlug den Jakobsweg ein. Er war glücklich, wieder ein Ziel vor sich zu haben.

Nach einigen Tagen änderte sich bereitwillig die Landschaft. Dichte Wälder und steile Berge gingen in eine freundliche, wenn auch sanftmütigere Ebene über. Obschon er weite Landstriche überschauen konnte, sichtete er weiterhin keine Pilger. Eines Abends traf er in der Herberge ein, von der Sam gesprochen hatte, und siehe da, sie war tatsächlich gefüllt mit Pilgern. Man wies ihn gefällig ein. Er bekam ein Bett im Schlafsaal für eine Nacht. Am nächsten Morgen musste er wie alle anderen wieder weiterziehen, um Platz zu machen für die nachfolgenden Pilger.

Die Herbergen, die ab dieser Stelle über den ganzen Jakobsweg bis Santiago de Compostela verteilt lagen, waren ausschließlich als Quartiere für Pilger gedacht. Deshalb bekam man am Anfang der Pilgerschaft einen Pilgerausweis, den man in jeder Herberge vorlegte, um eine Übernachtungsmöglichkeit zu erhalten. Das Erkennungszeichen der Pilger war die weiße Muschel: So ließ sich der Pilger vom gewöhnlichen Wanderer unterscheiden.

Am Abend gab es eine gemeinsame Messe, danach Abendessen. Ramon nahm eine Dusche, ließ die Messe ausfallen und ging zum Speisesaal. Zu Tisch unterhielt man sich über östliche und westliche Weisheiten. Der Thematik lang überdrüssig, verspürte Ramon keine Ambitionen, an diesem Gespräch teilzunehmen. So nahm er sein Mahl schweigsam ein und entschuldigte sich, um die Tischgesellschaft vor dem Abschlussgebet zu verlassen. Gelangweilt vom Abendessen verzog er sich ins Bett, da die Nacht bereits hereingebrochen war.

In aller Frühe wurde Ramon von ehrgeizigen Pilgern geweckt, deren Hast beim Packen seinen Schlaf unterbrochen hatten. Aufgebracht davon, nicht mehr einschlafen zu können, stand er auf und packte ebenfalls. Als er ohne Frühstück losging, lärmten die Störenfriede immer noch. Der Rest schlief weiter. So verließ er die Herberge vor Sonnenaufgang. Er fragte sich, was die Frühaufsteher wohl dazu gebracht haben konnte, ihren Weg in Dunkelheit aufzunehmen. Bedeutete Pilgern für sie Arbeit, zu der sie pünktlich erscheinen mussten? Nichtsdestotrotz lief er weiter und kaufte sich später in einem Krämerladen Wasser und Speisen für unterwegs.

An diesem Tag begegneten ihm mehrere Pilger. Alle grüßten freundlich, doch mit niemandem kam er ins Gespräch. Er genoss das Laufen wie eh und je: die heiße Sonne, die trotz des hereinbrechenden Herbstes auf seine nackten Arme schien. Dabei versuchte er, sich auf die Landschaft zu konzentrieren. Doch er stellte fest, dass er immer wieder in seinen Gedanken versumpfte. Es war die Unzufriedenheit der letzten Jahre, die seine Seele belastete. Je mehr er darüber nachdachte, desto massiver fühlte er sich belastet. Also, was blieb ihm jetzt noch übrig? Laufen und nicht nachdenken. Dabei fielen ihm wieder die Worte von Alfredo ein: Lenke deine Sinne nach außen. Versumpfe nicht in deinen Tiefen, die du noch nicht zu ergründen magst.

Während diese Gedanken seinen Kopf durchzogen, ruhte sein Blick auf einem kleinen Fluss. Das Gewässer entlang standen Bäume, durch deren Blattwerk sich die Sonnenstrahlen ihren Weg suchten. Wo sie erfolgreich hindurchleuchteten, tauchten sie ins Wasser ein, was den Fluss in solche Freude versetzte, dass er zu glitzern begann. Dieses Lichtspiel wurde begleitet vom Rauschen des Flusses. Ramon fühlte sich eingeladen, seine Füße im Wasser zu kühlen. Er trank etwas aus seiner Wasserflasche und verspürte keine Lust, weiterzulaufen. Auf einem Baum, dessen breiter Stamm waagerecht übers Wasser wuchs, legte er sich hin, schloss die Augen und lauschte dem Rauschen des Flusses. Dabei döste er gelegentlich ein. Das war ihm recht, denn Mudigkeit durchzog seinen Körper – vom langen Weg der letzten Jahre bis zu diesem Augenblick. Das ewige Suchen und Nicht-fündig-Werden. Es immer wieder neu zu versuchen, um an jedem neuen Ort doch wieder zu erfahren, dass er keinen Seelenfrieden fand. Was war es, das ihn immer weitertrieb? Passte er in diese Welt? Dinge, die für andere Menschen sowohl selbstverständlich als auch notwendig erschienen, spielten in seiner Vorstellungswelt keine Rolle. Sie zu leben, wäre sein Tod. Sie nicht zu leben, bedeutete seine Mühsal.

Traurig darüber, dass der Tag zu Ende ging, versank die Sonne in ihre Tiefen. Ramon verspürte Kühle. Da er vor einem Dorf pausiert hatte, in dem es eine Herberge gab, ging er los, um sie aufzusuchen. Dort wurde ihm ein Bett zugewiesen. Diesmal befand es sich nicht in einem riesigen Saal, sondern in einem kleinen Zimmer mit höchstens einem Dutzend anderer Betten. Draußen im Garten saßen einige Pilger und unterhielten sich. Nach seiner Dusche setzte er sich zu der Gruppe junger Leute. Mit einbezogen in der Runde, wurde er zum gemeinsamen Abendessen eingeladen. Er willigte ein und begleitete ein junges Ehepaar Richtung Speisesaal. Die Flanders, so ihr Familienname, unterhielten sich angeregt mit Ramon über das Anliegen ihrer Pilgerschaft. Sie fragten interessiert, was ihn bewegte, diese Strapazen auf sich zu nehmen. Der Wein zum Abendessen vereinfachte den Redefluss. Auch die Ausreden eines Pilgers, der selbst nicht wusste, was er tat. Obwohl die Flanders sehr gläubig waren, gefiel Ramon die Unterhaltung. Während des Mahls füllte sich der Tisch mit mehreren Pilgern und die Runde wurde zunehmend geselliger.

Da Ramon spürte, wie ihm das menschliche Miteinander guttat, entschied er sich am nächsten Morgen, dem dritten offiziellen Tag seiner Pilgerschaft, nicht mehr allein zu laufen. Eine Gruppe von drei oder vier Leuten zog gemeinsam los. Ramon schloss sich ihnen an. Sie unterhielten sich ausführlich, bestaunten die Landschaft, pausierten und sie nahmen den Weg wieder auf. Als sie eine große Stadt erreicht hatten, nahmen sie ein gemeinsames Mahl zur Stärkung ein. Während die anderen gesättigt aufbrachen, verweilte Ramon. Nicht aus Müdigkeit, sondern um die Stadt zu genießen. Menschen, Lärm, Gerüche, Schauplätze – alles, was eine Stadt bot.

Kurz vor der Sperrstunde, die in den Herbergen der Großstädte eingehalten wurde, um Ordnung zu wahren, kehrte Ramon ein. Immer noch nicht müde ging er zum Gemeinschaftsraum, um etwas zu trinken. Es war eine sehr große Herberge mit einigen

24

Schlafsälen, aber nur einem kleinen Gemeinschaftsraum, in dem sich auch nur ein einziges Ehepaar aufhielt. Sie wirkten sehr aufgeschlossen, da sie Ramon bald freundlich ansprachen. Es folgte eine angenehme Unterhaltung. Don, etwas älter als Ramon, eine helle, aufgeweckte Natur, der lachen konnte wie ein kleiner Junge, und seine Frau Pia, etwas jünger als Ramon, gut aussehend, blond wie ihr Mann, in schneller Auffassungsgabe ihm in nichts nachstehend. Beide erfolgreich im Handelsgeschäft, unternahmen sie ihre Pilgerreise, im Gegenteil zu den Flanders, nicht aus rein katholischen Gründen. Don besaß eindeutig den besten Grund für die Pilgerreise: Er musste, weil seine Frau es so bestimmt hatte. Also sagte er zu. Bei Pia war es Familientradition, zu pilgern, und sie wollte ihren Vorfahren in nichts nachstehen.

Eine Leidenschaft, die das Paar teilte, war das Kartenspiel. Ramon war kein Spieler, was Don nicht im Geringsten davon abhielt, es ihm beizubringen, da ihre Karten nach mindestens einem dritten Spielpartner verlangten. Bei diesem Spiel gab es keinen Gewinner, nur einen Verlierer und der wollte niemand sein.

Die Gruppe

Am nächsten Morgen versuchte Ramon, durch die Wirren der Stadt wieder auf seinen Weg zurückzufinden. Der Pilgerweg war markiert durch eine Muschel mit einem Pfeil, meist in Gelb. Diese Wegweiser waren tatsächlich überall vorzufinden. In Städten auf den Gehwegen, an Häusern, Laternen, Kirchen, Gaststätten, Brücken. In Wäldern an Bäumen, in Feldern an Grenzsteinen, an Kreuzungen. Manchmal fand man auch keinen und irrte herum.

Es hieß, dass der Apostel Jakob an diesem Ort gepredigt, bekehrt und viele andere Dinge vollbracht hatte, bevor er zum Märtyrer wurde, damit seine Gebeine hier verehrt werden konnten. Kurz: Er hatte die steile Laufbahn eines wahren Christen vorbildlich durchlaufen. Dafür setzte man ihm das Denkmal einer Kirche auf die sterblichen Überreste seiner Beine, denn es waren wirklich nur seine Beine, die dort begraben lagen. Dies wiederum brachte die Beine seiner Anhänger oder die Anhänger seiner Beine in Bewegung, um diesen Ort aufzusuchen. So ergab es sich im Laufe der Jahrhunderte, dass auf diesem Weg die Kirchen wie Pilze aus dem Boden schossen, damit kein Schaf sich in der Zügellosigkeit des Heidentums verlor. Schon vor der christlichen Zeitrechnung waren die Kelten auf diesem Weg zu dem Küstenort am westlichen Ende der Halbinsel gepilgert, wo der Weg ins Meer auslief: Fenisterra. Das Ende der Welt.

Da die Kelten sich an den Sternen orientierten, nannten sie diesen Pilgerweg die Milchstraße. Welche Bedeutung die Wallfahrt in vorchristlichen Zeiten hatte, konnte Ramon nicht nachvollziehen. Streng genommen nicht mal, was das Pilgern in der Gegenwart bedeutete. Welche Bedeutung es für ihn haben sollte – auch nicht.

Bei diesem Gedanken holten ihn Don und Pia ein, sodass sie in munterer Stimmung gemeinsam den Weg fortsetzten. Nach kurzer Zeit gesellten sich weitere Pilger hinzu, was die Gruppe noch mehr aufmunterte.

Die Landschaft breitete sich sanft gebirgig und trocken vor ihnen aus. Die Dörfer lagen wie Würfel auf einem Spielbrett verstreut. Manche wirkten verfallen, doch die meisten hatten ihren Reiz: Es gab Häuser und Straßen aus massivem Naturstein. Über den engen Gassen ragten Balkone aus den Hauswänden hervor, sodass man darunter auf dem Bordstein im Schatten lief. Die Fenster waren mit Holzblenden verschlossen, die Straßen meist leer. Den Tag über wirkten die Dörfer wie ausgestorben. Nur des Nachts kehrte Leben ein. Sobald die Sonne unterging, kamen die Menschen aus ihren Häusern zum Vorschein, um die Straßen zu beleben.

Kirchen, die entlang des Weges standen, waren für gewöhnlich von massiver, rustikaler Bauweise, die nicht selten bis in die Romanik zurückreichte. In manche steckten die Pilger scheu ihre Nase durch die Eingangstür. Wenige schauten man sich genau an. Viele ließ man links liegen, doch würdigte sie wenigstens eines Blickes. Immer wieder kam sie mit weiteren Pilgern zusammen und trennte sich, um mit anderen oder allein weiterzulaufen.

Noch am selben Tag – seit Ramon, Don und Pia gemeinsam liefen – gesellte sich Matt hinzu. Er war in Ramons Alter und ebenso allein unterwegs. Da er Gesellschaft brauchte, gerne lachte und vor dem Wein auch noch ein Bierchen trank, fügte er sich schnell in die kleine Gruppe ein. Über komplizierte Sachen nachzudenken, war nicht sein Hobby.

So verstrichen einige Tage und durch die anhaltende Begeisterung blieb das Quartett bestehen. Am Tag erfreuten sie sich des gemeinsamen Laufens, der Unterhaltung, der schönen Landschaft und des guten Wetters. Ramon ließ sich mitziehen. Er lief weder in seinem gewohnten Rhythmus, noch entschied er, welche Distanzen am Tag zurückgelegt werden sollten.

Auf seinen früheren Reisen war er meist allein gelaufen. Wenn das ausnahmsweise nicht geschah, dann hielt er nach einiger Zeit doch wieder an seinem eigenen Rhythmus fest. Selbstständig fiel es ihm leichter, große Distanzen zurückzulegen. Hier verhielt es sich genau umgekehrt. Er folgte den Entscheidungen anderer Menschen. Fragte man ihn nach seiner Meinung, befürwortete er das, was die anderen beabsichtigten. Er fühlte sich wohl, sein Grübeln ließ nach. Außerdem wurde er wegen seines Geschichtswissens oft gebeten, über die Bauwerke zu berichten, die ihren Weg säumten.

Bald führte sie der Weg dahin, dass sich jeder Einzelne genauer über sein persönliches Anliegen äußerte und erklärte, warum er die Strapazen der Wallfahrt auf sich genommen hatte. Die anfänglich oberflächlichen Begründungen für die Pilgerreise wechselten zu inneren Anliegen. Jeder Einzelne verspürte eine Reserviertheit von einem langweiligen, sich stets wiederholenden Arbeitsalltag, der nicht mehr erfüllte, was er versprach. Jeder hatte damit gebrochen. Und jeder litt unter dieser nicht geheilten Bruchstelle.

Die Abende verbrachten sie in den Herbergen, in denen sie immer mehr Bekanntschaften mit Pilgern machten. Sie freuten sich, wenn sie vertraute Gesichter nach einigen Tagen wiedersahen, nahmen gemeinsam ein Abendmahl, teilten den Wein und tauschten sich aus. Nachts trafen sie sich in vertrauter Gruppe, genehmigten sich ein Bier und begannen mit dem Kartenspiel. Das Ziel war es, kein Verlierer zu sein, auch wenn man sich an manchem Morgen so fühlte. Dadurch fiel die Gruppe unangenehm auf. So vertraut, wie sie untereinander waren, so laut waren sie in manchen Nächten. Nur nicht so sehr in den frühen Morgenstunden.

Obwohl der Herbst in voller Pracht angekommen war, wärmte die Sonne die Pilger spätestens zur Mittagszeit wieder so weit auf, dass sie sich in den Hochsommer zurückversetzt fühlten. Das gute Wetter trug zur guten Stimmung bei und sie genossen die wechselnden Landschaften mit den stillen Städtchen. Das Ziel an einem fernen Ort schien an Bedeutung zu verlieren. Doch nach und nach kam das Gefühl auf, ein richtiger Pilger zu sein. An den Pilgertreffen des Abends und deren Gebeten, an denen die Gruppe selten teilnahm, konnte es nicht liegen. Es war das Zeitlose, was das vereinte Wandern mit sich brachte. Ebenso das gemeinsame Ziel, auch wenn es oft in Vergessenheit geriet. Und vor allem: den gemeinschaftlichen Weg suchen und gehen. So wie viele andere Gruppen, Einzelgänger und Bessermacher es taten, mit denen sie sich auch verbunden fühlten und einen Teil des Weges liefen. Schön war es, wenn Sam, die Flanders und andere Altbekannte wieder ihren Weg kreuzten. Sie saßen gemeinsam am Tisch, redeten miteinander, lachten, zelebrierten Kartenspiele, teilten den Wein.

An manchen Abenden wurde Ramon dieses Partyleben zu viel. Er genoss zwar die gute Stimmung, doch es fehlte etwas. Bei ihm handelte es sich um einen tiefgründigen Menschen. Gedankenverloren über das Leben, vergaß er oft, dass das Leben nicht in einem Gedankenkreislauf stattfand, sondern in der sinnlichen Welt. Verharrend in seinen Vorstellungen, belasteten ihn bedrückende Gemütsschwankungen, welche nach der Leichtigkeit des Seins trachteten.

Durch sein Sehnen nach lichter Leichtigkeit hatte er in den vergangenen Jahren nur zu gern seine Tiefgründigkeit gemieden. Damit hatte er auch versäumt, wahre Entschlüsse zu fassen. So irrte er planlos durch das Weltgeschehen und stolperte nun von einem Schicksal zum anderen. Er wurde in den sinnlosen Phasen des Grübelns durch plagende Gemütsschweren dazu aufgefordert, sich an seine Sehnsucht der Leichtigkeit zu erinnern. Im unübersichtlichen Urwald des Lebens fühlte er sich zunehmend ohnmächtig. Er wollte nicht mehr dunkles Dickicht durchschreiten. Er glaubte nicht mehr, eine Lichtung vorzufinden. Der Einfachheit halber versuchte er, an das Licht zu glauben, das ihm andere in seiner Umgebung vorschwindelten. Doch auch das leuchtete ihm nicht ein. Noch einfacher war es, an gar nichts mehr zu glauben.

Alfonso

Eines Abends, als die Gruppe sich in einer Herberge einquartiert hatte, schlenderte Ramon in den Aufenthaltsraum, um zu schauen, ob sich dort bekannte Pilger aufhielten. Bis auf einen Unbekannten war der Raum leer. Ramon setzte sich zu ihm. Der Mann lud ihn auf Brot mit Käse und Wein ein. Alfonso war sehr freundlich und aufgeschlossen im Gespräch. Nachdem sie einige Zeit beisammengesessen hatten, traf der Rest der Gruppe ein und es blieb nicht aus, dass auch der Neue von Don ins Kartenspiel eingeweiht wurde. Doch als es zur späten Stunde immer ausgelassener wurde, verabschiedete Alfonso sich.

Am nächsten Morgen holte die Gruppe Alfonso auf dem Weg ein. Er liebte es, sich Zeit zu lassen und nachzusinnen. Es war ihm leicht anzusehen, dass er allein sein wollte. Aufdringlich verwickelte die Gruppe ihn in ein Gespräch, sodass er sich ihr anschloss. In gemeinschaftlicher Gesinnung den Weg fortschreitend, erklärte er den Grund seiner Pilgerschaft.

Alfonso brauchte eine Auszeit, um seine berufliche Situation zu überdenken. Er war Anwalt. Der Beruf nagte schon lang an seinem Gewissen. Als Anwalt musste er seine Klienten verteidigen, egal ob er sie für Opfer oder Täter hielt. Seine Handlung war vorgegeben, durch eine fest vorgeschriebene Ordnung. Klar und logisch verfasst – mit Ausnahmen. Dabei wurde er zunehmend von einer anderen Ordnung überzeugt. Oft legte er das Gesetzbuch zur Seite und las stattdessen in der Bibel. Die Gesetzte des Ewigen Buches zogen ihn mehr an als die Paragrafen in den weltlichen Gesetzbüchern. Sein logisches Weltbild wurde mehr und mehr von einem moralischen vereinnahmt. Mit dem Buch der Offenbarung machte er sich vertraut wie mit dem Grundgesetz.

Obwohl in seinem Beruf sehr erfolgreich, wuchs in ihm das Bedürfnis, sein theologisches Wissen, das er sich über die Jahre angeeignet hatte, zu verteidigen. Er arbeitete sehr gewissenhaft an seinem inneren Konflikt. Ganz so, wie es ihm als Anwalt beigebracht worden war. So wie die Kirche es lehrte. Da seine Seele sich aber stärker von der Kirche ergriffen fühlte als vom weltlichen Gericht, war es seine Überlegung, zum himmlischen Gericht überzuwechseln. Sein Wunsch war es, die berufliche Karriere aufzugeben, um Priester zu werden. Diese Überlegung war der Grund für seine Pilgerreise.

Das Opfer, welches das Priestertum forderte, war nicht nur die Aufgabe seiner finanziellen und sozialen Sicherheit für den Zeitraum eines langjährigen Studiums, sondern vor allem die innere Bejahung des Zölibats. Für den gewichtigen Entschluss, auf Partnerschaft zu verzichten, musste er innere Gewissheit erlangen. Um die notwendige Ruhe für diesen schwierigen Prozess zu finden, steuerte er das nächste Kloster an.

Ramon erinnerte das alles an seine eigene Vergangenheit: der strenge Weg der Erkenntnis, die Suche nach Eingebung. Während seiner Zeit im Kloster trieb ihn ein heimlicher Ehrgeiz. Der Trieb nach Macht. Die Macht, zu wissen. Durch Wissen von übergeordneter Bedeutung sein Gegenüber unterzuordnen. Dieser Trieb wurde ihm zum Verhängnis in seiner Suche. All seine Erfahrungen und tiefgreifenden Erkenntnisse waren ihm keine Hilfe mehr. Der Machttrieb benebelte den klaren Durchblick. Im Trüben lernte er die Komplexität der Irrwege kennen. Bei allen Abwegen vergaß er, wie man einfach ein Leben lebte, ohne es ständig zu hinterfragen. Manchmal verachtete er deshalb seinen Weg, auf dem er seine Erfahrungen machte. Lief er nicht schlichtweg seinem Schicksal hinterher?

Da er das Gefühl nicht abschütteln konnte, an einem Leben außerhalb der Klostermauern gescheitert zu sein, kamen seine Mitmenschen ihm wie Meister des Lebens vor. Er beneidete sie.

Doch auch dieser Neid begann wieder zu bröckeln, als er erkannte, dass das gewöhnliche Leben nur aus einem Suchen nach Glück bestand. Einem Glück, nach dessen Inhalt man nicht fragte, es einfach besitzen wollte. Das ergab für Ramon keinen Sinn. Und so eingehend er seine Mitmenschen auch beobachtete: Glückseligkeit fand er selten bei ihnen. Seine neuen Meister waren nicht besser als seine alten. Alles, was ihm blieb, war eine gähnende Leere. Nach all den Jahren des Suchens und Versuchens war er verzweifelt. Er fühlte sich wertlos und verlassen. Er hatte Einsamkeit gewonnen. Verachtung und Ehrfurcht, Respekt und Trotz waren verloren. Er war ein Mensch unter Menschen geworden. Treibholz im Meer.

Während sich die Gruppe über Geschichten aus der Bibel unterhielt, erreichte sie die nächste Stadt. Dort ging Alfonso zum Kloster, die anderen in die Kneipe.

Die Wende

An einem weiteren sonnigen Tag ergab es sich, dass sich Anne und Diana zur Gruppe gesellten. Anne war ein einfaches bürgerliches Mädel, sehr freundlich, aber nicht besonders gesellig. Das lag daran, dass sie nicht so recht wusste, warum sie unterwegs war. Zudem vermisste sie ihr gewohntes Leben. Beim Mittagessen geizte sie mit dem Geld und pflückte lieber unterwegs Früchte vom Feld. Was ihr fehlte, war die Bereitschaft für den Genuss.

Diana war dagegen ein Mensch, der es verstand, sich in Gesellschaft wohlzufühlen. Sie liebte es, in guten Restaurants zu speisen. Das Wort „klein" passte nicht zu ihr. Sie selbst war zierlich, was sie nicht davon abhielt, mit den anderen Schritt zu halten. Für ihre jungen Jahre wirkte sie sehr selbstbewusst. Obwohl ihr ein knabenhafter Schalk ins Gesicht geschrieben stand, fehlte es ihr nicht an femininer Schönheit, die von ihren langen schwarzen Haaren unterstrichen wurde. Sie war schlichtweg die schönste Pilgerin, der Ramon bisher auf diesem Weg begegnet war.

Mindestens genauso beeindruckend wie ihre Schönheit war für Ramon ihr wacher Geist. Im Gespräch mit ihr fühlte er sich herausgefordert. Sie unterhielten sich über Kunst und Philosophie, während die Landschaften an ihnen vorüberzogen. Als sich die Gruppe jedoch in einem kleinen Ort in einer Herberge einquartierte, zogen die beiden jungen Damen weiter ihres Weges.

Zwei Tage später traf die Gruppe in einer kleinen Ortschaft ein. Dort diente der Nebenraum der Kirche als Herberge. Hier begegneten sie wieder Diana, die an diesem Tag mit Juan zusammen lief. Sie wirkte sehr vertraut mit dem großen stolzen Mann. Die Pilgerin verstand es, sich unaufdringlich mit ihren Weggefährten anzufreunden. Sie schien sich an niemanden zu binden und mit jedem gut auszukommen. Das interessierte Ramon.

Da er in einer Kirche beherbergt wurde, schaute er sie sich auch an. Als Ramon die dunklen Seitenschiffe durchquerte, fühlte er sich inspiriert, ihre Akustik zu testen, und stimmte „Dona Nobis", einen gregorianischen Choral, an. Pia, Don und Matt waren erstaunt, als sie Ramon in den alten Gemäuern singen hörten.

Beim Abendessen erzählte Pia von Ramons Gesang. Das entfachte Begeisterung bei den anderen Pilgern. Sie überredeten ihn, am Abendgebet teilzunehmen, um anschließend zu singen. Es kostete einige Mühe, doch da das gemeinsame Abendessen angenehm verlief, sagte Ramon zu. Unter den anderen Pilgern waren mehrere Bekannte, denen er unterwegs immer wieder begegnet war, zum Beispiel die Flanders und vor allem Sam. Alle in der großen geselligen Runde fühlten sich vertraut untereinander. Sie waren Pilger und sie waren auf ihrem Weg. An diesem Abend waren es genau diese Menschen, die an diesem Ort nach den Strapazen des Tages ihre Ruhe suchten, um gemeinsam zu teilen, was es zu teilen gab.

Nach dem Mahl ging es zum gemeinsamen Abendgebet, welches eine ungewöhnliche Form annahm. Aus den vorhandenen Nationen beteten die jeweils Angehörigen einen Vers in ihrer Muttersprache vor. Alle Teilnehmer nannten ihren Namen und ihre Nationalität. Sie sollten am nächsten Tag im Gebet miteingeschlossen werden, so wie die gestrigen an diesem Abend. Danach verschwand Ramon von der Empore, auf der sie alle saßen. Als die Klänge seines Gesangs zwischen den Säulen widerhallten, erhoben sich die anderen, um nach ihm zu schauen. Was sie erblickten, war der große dunkle Kirchraum im spärlichen Kerzenlicht. Das Echo seiner Stimme spiegelte sich in den Formen der Skulpturen und der Architektur, bis der Gesang leiser wurde und schließlich verstummte. Auf der Empore hielt die Stille der Feierlichkeit an.

Später am Abend saßen sie zur gemütlichen Unterhaltung gemeinsam im Aufenthaltsraum. Die Flanders griffen zur Gitarre. Oder genauer gesagt: Während er spielte und sang, himmelte sie ihn an. Welch ein Bild. Es dauerte nicht lange, bis Don die Karten hervorholte. Matt und Ramon waren dabei. Selbst Diana war Teil der Runde, da auch sie in die Regeln des Spiels eingeweiht worden war. Als das Licht für die Nachtruhe gelöscht werden musste, war der Spieltrieb der Freunde noch lange nicht befriedigt. Auch der Wein war noch nicht geleert. Ratlos und enttäuscht sahen sie einander an. Da fiel Ramon der letzte freie Raum ein, in dem sie ihr Spiel fortsetzen konnten. Ungläubig schauten sie ihn an, wie kleine Kinder vor einer Tat, von der sie wussten, dass ihre Eltern sie dafür bestrafen würden. Doch die Idee war zu verboten, um ihr nicht nachzugehen. So packten Don, Pia, Diana und Ramon unauffällig Karten, Kerze und Wein ein und schlichen sich durch die enge Wendeltreppe in den Kirchenraum. Auf der Empore zündeten sie die Kerze an und legten die Karten zu Füßen Marias ab. Selbst Don musste gestehen, dass er schon an vielen Orten Karten gespielt hatte, doch eine Kirche fehlte noch in seiner Sammlung. In so guter Gesellschaft, inspiriert durch die spirituelle Atmosphäre, spielten sie andächtig weiter, bis auch der letzte Tropfen Wein seine Bestimmung gefunden hatte.

Um eine gute Herberge zu bekommen, mussten sie am nächsten Tag eine lange Wanderung auf sich nehmen. Diana, Anne und Juan schlossen sich der Gruppe an. Juan war sehr schweigsam, was aber keinen störte. Nach einigen Kilometern verabschiedete er sich, da er Zeit für sich allein wünschte. Ramon vermutete, dass ihm das Treiben der Gruppe zu bunt war. Anne hinkte zwar lieber abseits hinterher, doch sie holte gelegentlich auf, um sich anzuschließen.

Der Tag war heiß, das Trinkwasser wurde knapp und zu allem Übel verliefen sie sich ausgerechnet an diesem Tag so weit, dass sie sich schließlich entscheiden mussten, querfeldein zu laufen, um wieder zu einer Ortschaft zu gelangen. Die Freude war ausgesprochen groß, als sie einen Wegweiser mit einer Muschel entdeckten.

Am späten Nachmittag erreichten sie erschöpft eine Herberge. Zu ihrem Entsetzen mussten sie feststellen, dass die Unterkunft einer Baracke glich. Das nötigte sie, trotz Müdigkeit weiterzuziehen, wenn sie die Nacht nicht in diesem schmutzigen Quartier verbringen wollten. Also kauften sie etwas Proviant und füllten ihre Flaschen mit Trinkwasser auf, da es bis zur nächsten Herberge nochmals ein beachtlicher Marsch war. Sie ließen sich ihre gute Laune nicht verderben, doch wurde jeder Einzelne ruhiger, um sparsam die restlichen Kräfte zu verwenden. An diesem Tag schien sich alles in großzügiger Weite zu erstrecken. Ein nicht enden wollender Weg in glühender Hitze, denn noch am späten Nachmittag strahlte die Sonne in voller Kraft. Rechts und links von ihnen breitete sich eine Landschaft aus, deren Felder unendlich groß ausfielen. Zu dieser Jahreszeit bereits bestellt, wirkte der Boden karg, doch mit der langsam untergehenden Sonne sehr idyllisch. Der frisch gemähte Weizen hinterließ ockerfarbene Stoppelfelder, deren verbliebene Halme unter den diagonal einfallenden Sonnenstrahlen zu leuchten schienen. Zum Sonnenuntergang verfiel der zuvor hellblaue Himmel allmählich in warmen Pastellfarben über Rot ins Violette, womit der Boden wieder in ein erdig ruhendes Braun überging. Ihre Seelen wurden gleichermaßen von der Stille in den Gefilden durchzogen.

Je später der Abend wurde, desto mehr drückten die Riemen der Rucksäcke auf ihre Schultern. Der Rücken sehnte sich nach Entlastung, die Beine nach Ruhe. Aber die herannahende Dunkelheit ließ keine Zeit für lange Pausen. In der Nacht würde in dieser verlassenen Gegend der Pfad unkenntlich werden. Doch so weit sie auch zu blicken vermochten, es gab kein Anzeichen für eine Ortschaft, noch begegneten sie irgendeiner Menschenseele. Alles hüllte sich in Schweigen. Die Stimmung wurde bedrückt. Erste Sorgen wurden geäußert, ob sie ein weiteres Mal vom Weg abgekommen seien, da keine Wegweiser mehr gesichtet wurden. Sie überlegten, was sie in diesem Falle tun könnten. Was blieb, war das Weiterlaufen.

Doch dann schien völlig unerwartet, wie aus einer Tiefe aufsteigend, eine kleine Kirchturmspitze in absehbarer Ferne aus dem Boden zu wachsen. Die Freunde wussten nicht, ob sie für dieses unerwartete Wunder in Demut auf die Knie fallen oder vor Freude laut aufschreien sollten. Nach kurzem Erstaunen entschieden sie sich für das Letztere. Durch das Näherkommen wuchs die Kirchturmspitze langsam zu ihrer tatsächlichen Größe heran. Allmählich wurden die ersten Dächer der Häuseransammlung sichtbar, die sich in einem tieferen Tal als die umliegenden Felder zu verstecken schien. In der späten Dämmerung sahen sie ein kleines rustikales Dorf, dessen Häuser aus einem erdfarbenen Kalkstein gebaut waren. In der Abenddämmerung glichen ihre Gemäuer aufgeschichteter Erde. Eine tiefgreifend irdische Ruhe durchzog den Ort.

Obwohl die Gruppe seit mehreren Stunden keinen Menschen mehr gesichtet hatte, konnte sie hier zu ihrem Erstaunen feststellen, dass dieser abgelegene Ort von bekannten und unbekannten Pilgern heimgesucht wurde. So saßen sie später beim Abendessen wieder vertraut in großer Runde beisammen. Es wurde laut und wild durcheinandergeredet. Juan, der lange vor ihnen eingetroffen war, erzählte von Pilgern, die hatten abbrechen müssen, da sie an Füßen oder Knien verletzt waren. Seiner Meinung nach lag das nicht am falschen Schuhwerk, sondern an der fehlenden inneren Bereitschaft für den Weg.

An diesem Abend war Ramon das laute Gerede am Tisch unerträglich. Er war außerdem sehr müde und zerstreut, obwohl ihm die lange Wanderung gut bekommen war. Der Zigarettenrauch nach dem Essen schnürte ihm die Kehle zu. Deshalb verließ er kurz darauf den Tisch, um draußen frische Luft zu schnappen. Dort traf er wieder Juan, der auf einer Straßenbank saß. Ramon setzte sich zu ihm. Der stolze Mann erklärte ihm, dass sein Ziel nicht Santiago de Compostela sei, sondern Fenisterra. Ihn faszinierte, dass die Kelten geglaubt hatten, an diesem Ort zu sehen, wie die Sonne starb. Von diesem Anblick hatten sie sich Seelenheil erhofft.

Die kühle Nachtluft veranlasste die Männer, die Herberge aufzusuchen, um sich in den wohlverdienten Schlaf zu träumen. Im Bett, vor dem Einschlafen, gingen Ramon Juans Worte durch den Kopf: der Tod der Sonne.

Irgendwann nach Mitternacht kamen die anderen in den Schlafraum. Ramon wurde vom Lärm geweckt und bemerkte, wie Diana und Matt in einem Bett verschwanden. Doch er war zu müde, um darüber nachzudenken, und schlief gleich darauf wieder ein. Dann wurde er noch einmal wach, als Diana es sich anders überlegte und Matt aus ihrem Bett hinauskomplimentierte. Ramon verspürte auf all das keine Lust. Ungehalten schlief er dennoch schnell wieder ein.

Am nächsten Morgen erklärten Pia und Don den anderen betrübt, dass sie ihre Pilgerreise am nächsten Ort abbrechen mussten, um zu Hause nach dem Rechten zu sehen. Sie würden sie zu einem anderen Zeitpunkt fortsetzen. Über diese plötzliche Entscheidung waren alle sehr erstaunt und traurig zugleich. Denn so unverbindlich, wie sie sich gemeinsam jeden Morgen versammelten, um ihre Freude am Weg zu teilen, so verbunden fühlten sie sich auch in diesem einfachen Alltag des Laufens. In dieser Schlichtheit. In dem einfachen Leben. Im Unterwegssein.

So brachen sie entschlossen gemeinsam auf. Der nächste Ort war bald erreicht, an dem sie alle zusammen das letzte Mal das Zimmer einer Herberge miteinander teilten.

Der darauffolgende Tag war der Tag des Abschieds. Ramon fragte die anderen nicht, wie es weitergehen sollte. Er wusste nicht, ob Diana und Matt eine innigere Beziehung zueinander aufgebaut hatten, wollte jedoch nicht drittes Rad am Wagen sein. Nachdem sich alle betrübt voneinander verabschiedet hatten, packte Ramon seinen Rucksack und schnallte ihn auf seinen Rücken. Was es zu sagen gab, hatten sie sich gesagt. Ein letzter Gruß, den wohlbekannten „Buen Camino" – und auf in den Regen.

Das Wetter passte zu Ramons Stimmung. Er hatte die gemeinsame Zeit genossen. Es war gut, nicht allein gewesen zu sein und trotzdem genügend Zeit für sich gehabt zu haben. Alles war so einfach in der Gruppe. Die Formation war aufgelöst. Ramon war niedergeschlagen.

Wieder auf sich allein gestellt, nahm er ein so schnelles Tempo auf, dass er bald niemanden mehr hinter sich sah. Da der Regen anhielt, wärmte er sich nach einigen Kilometern in einem Dorf in einem Café auf. Dort traf er einige andere Pilger, die ihm bekannt waren und mit denen er ins Gespräch kam. Nach einiger Zeit trat seine Rastlosigkeit wieder auf. Draußen hellte es sich bereits auf. Am Stand der Sonne erkannte er, dass er länger verweilt hatte als beabsichtigt. In der Gruppe hatten sich Rast und Weiterziehen von selbst ergeben. Die Abschnitte ihrer Wegstrecken, verliefen vormals rhythmisch stimmig. Jetzt störte es ihn, darüber Gedanken zu verlieren. Also lief er schnellen Schrittes von dannen. Dabei wurde ihm klar, dass er nicht allein seinen Weg beenden wollte. Er wollte teilen und teilhaben. Doch dass die gesellige Zeit beendet war, war gut.

Während seiner Kaffeepause hörte er von den Pilgern, dass es in der nächsten Ortschaft eine interessante Kirchenruine gab. Ramon wollte sie besuchen. Sie lag nicht direkt auf dem Weg, sodass er sie suchen musste. Orientierungslos, wie er war, bog er in die falsche Straße ein, als ihm plötzlich eine vertraute Stimme nachrief. Es war Matt, der auf ihn zukam. Er saß mit Diana in einem Café. Sie mussten ihn während seiner Pause unbemerkt eingeholt haben. Diana kam ihm nun auch entgegen. Drei orientierungslose Pilger schauten einander an. Keiner war mit der Situation glücklich, weder Ramon in seinem Alleinsein noch die beiden in ihrer Zweisamkeit. Also entschieden sie sich, zunächst zu dritt die Ruine aufzusuchen.

Auf Anhieb fanden sie gemeinsam die Überreste der alten Kirche. Diana und Ramon traten ein. Matt wartete draußen, weil er sich nicht viel aus Kunst und Geschichte machte.

Die Kirche war gut restauriert und, wo nötig, rekonstruiert. Der kleine Kirchraum war schlicht, viel war nicht erhalten geblieben. Anhand einiger Verzierungen, Skulpturen und der Architektur vermutete Ramon, dass Templer beim Bau der Kirche mitgewirkt haben mussten. Diana gefiel der Ausdruck der Schlichtheit, der besonders in der Apsis zur Geltung kam. Sie schätzte es ungemein, Ruinen gemeinsam zu betrachten und sich darüber auszutauschen. Das erklärte sie Ramon, bevor sie hinausgingen. Außerdem gab sie ihm zu verstehen, dass sie diesen Weg einzig und allein für sich ging und sich von niemand anderem ablenken lassen wollte. Deshalb hatte sie sich nicht auf eine Liebschaft mit Matt eingelassen.

Dies bedeutete für sie nicht, allein pilgern zu müssen. Sie wollte weiterhin ihre Erlebnisse mit anderen teilen – mit den Menschen, bei denen sie das Gefühl hatte, teilen zu können. Ramon verstand ihre Bitte und war froh über ihre Aussage. Sie sprach ihm aus der Seele. Also setzten sie ihre Pilgerschaft zu dritt fort.

Der Regen setzte von Neuem ein, wodurch die gedämpfte Stimmung anhielt. Durchnässt erreichten sie eine abgelegene Herberge. Dort trafen sie nur auf zwei oder drei Pilger. Die Freude war groß, als später Anne eintraf.

Der Schlafraum war kalt und dunkel. Glücklicherweise gab es eine warme Dusche. Immer noch etwas durchfroren versuchten die vier, sich durch Gespräche und gegenseitige Massage aufzuwärmen. Da es kein Lokal gab, klopften sie einen Krämer aus seinem Kabuff, um etwas zu kaufen, was sie in der Herberge zubereiteten. Das warme Essen tat gut, während Anne ihren Salat vorzog.

Der nächste Tag schien klarer zu werden, wodurch sie den Reiz der Landschaft wieder wohlwollend wahrnahmen. Müde von den bisherigen Strapazen entschieden sie sich, in der nächsten Großstadt einen Tag Pause einzulegen. Bis dort verblieben nur noch wenige Tage der Wanderung. In diesen Tagen wurde das Wetter beinahe sommerlich, ebenso wie die Stimmung.

Ramon ließ Diana mit Matt oft allein und lief voraus. Er wollte ihnen Zeit geben, da sie etwas miteinander zu besprechen hatten – und er mit sich. Während Diana auch gerne Zeit für sich allein beanspruchte, war das Alleinsein für Matt schwierig. So bestand die Konstellation zu dritt weiter. Anne wiederum hinkte deutlich hinterher. Zum einen bereiteten ihr die Schmerzen in ihren Knien Probleme. Zum anderen plagte sie Heimweh. Ob sie absichtlich eine Distanz zu ihnen suchte, wussten die drei nicht. Aber sie freuten sich jeden Abend, wenn Anne wieder etwas später als sie in der gleichen Herberge eintraf und sich zu ihnen gesellte. Doch als sie sich eines Morgens beim Frühstück von ihnen ungewöhnlich hartnäckig abgrenzte, wurde klar, dass sie in Zukunft ohne Anne weitergehen würden. Was die plötzliche Vehemenz der Abgrenzung ausgelöst hatte, wollte sie nicht preisgeben, so eindringlich die Freunde auch auf sie einredeten. Anne lehnte ein Gespräch kategorisch ab. Keinen Grund konnte oder wollte sie nennen. Alles, was sie begehrte, war Distanz. Was blieb ihnen anderes übrig, als es zu akzeptieren? So schmerzlich es auch war, sie zu verlieren. Sie sahen Anne nicht mehr wieder. Von anderen Pilgern erfuhren sie später, dass sie immer noch auf dem Weg war. Langsam und unentschlossen, aber nicht gebrochen. Der Weg barg für jeden sein persönliches Geheimnis.

Das gemeinsame Pilgern begriff in sich eine Verbindlichkeit unter den Weggefährten, für die es keine festgesetzten Regeln gab. Jeder musste für sich herausfinden, warum er diesen Weg ging, und Gemeinschaften mussten herausfinden, warum sie gemeinsam gingen. Je bestimmter ein Pilger als Einzelperson dem Weg folgte, desto unbeschwerter ging er voran. So war es für Gleichgesinnte, die entschlossen losgingen, einfach, gemeinsam zu pilgern. Diese Einfachheit stellte sich immer stärker zwischen Diana und Ramon ein. Obwohl Ramon oft vorlief, um Diana und Matt ihre gemeinsame Zeit zu geben, fühlte sich Letzterer immer stärker ausgegrenzt. Ihm war nicht mehr klar, wofür er lief. Als sie schließlich die Großstadt León erreichten, waren sie alle erschöpft. Der lange Weg durch die schmutzige Vorstadt nach all den herrlich anmutigen Landschaften. Der plötzliche Großstadtgestank, nicht mehr die klare Landluft. Lärm anstatt Ruhe. Zeit statt Zeitlosigkeit.

Matts Achillesferse schmerzte so sehr, dass er stark hinkte. Seine Stimmung hinkte jedoch noch viel mehr. Er war nicht mehr ansprechbar. Damit wurde es höchste Zeit, dass sie ihr Versprechen einhielten und eine Pilgerpause einlegten. Somit buchten sie Zimmer in einem angesehenen Hotel. Nach all den Herbergen war der Komfort ein Segen. Saubere, bequeme Betten. Das Bad aus Marmor. Sie ergötzten sich am Luxus und diesem einen Tag Urlaub vom bescheidenen Pilgerdasein. Diana fühlte sich nach dem Bad in frischer Kleidung wieder wie eine Frau. Ramon trank Rotwein, während er sein heißes Schaumbad nahm. Selbst Matt wirkte erleichtert.

Der Urlaubstag in der Stadt verstrich schnell. Auf ihrem Programm stand mal Kitsch, mal Kultur – ganz wie es ihnen gefiel. Immer wieder trafen sie andere Pilger, mit denen sie ins Gespräch kamen. Sie freuten sich, Bekannte wiederzutreffen. Nicht wenige schienen diese Stadt als Gelegenheit für eine kurze Unterbrechung zu nutzen. Oft erkundigten sie sich untereinander nach vertrauten Pilgern und danach, wann sie das letzte Mal gesichtet worden waren. Auf welchem Teil der Strecke sie sich möglicherweise befanden. Vor Ort gefiel derweil allen die Kathedrale von León mit ihren bunten Fenstern besonders.

Diana und Ramon waren viel gemeinsam in der Stadt unterwegs. Manchmal gesellte sich Matt dazu, meist beim Essen. Auch wenn er sich bemühte, war ihm Anspannung anzusehen. Es war für ihn weiterhin schwierig, sich seinem inneren Konflikt zu stellen. Alles schien auf einmal gegen ihn gerichtet. Gefühle der Einsamkeit überwältigten ihn. Auf dem langen Weg sah er sich gezwungen, seinen nicht erfüllten Erwartungen gegenüberzutreten. Außerhalb der Stadt gab es wenig Ablenkung. Einsamkeit forderte die Pilger dazu auf, sich mit sich selbst zu konfrontieren. Eine Schwere begleitete nun Matts Weg, der so leicht begonnen hatte. Damit umzugehen, überwältigte ihn. So entstand eine Kluft zwischen ihm und den beiden anderen, die sie nicht zu überbrücken wussten. Jedoch ließen seine Schmerzen im Fuß wieder nach, sodass er wieder gut laufen konnte. Diana überlegte, dass es besser wäre, ohne die beiden Männer weiterzuziehen. Das gefiel Ramon nicht. Während sie über eine Lösung nachsannen, ergab sich aber alles fast wie von selbst.

An dem Morgen, als sie von León abreisten, bat Matt seine beiden Freunde nach dem Frühstück, schon einmal vorzugehen. Er würde sie später einholen. Wie lange es dauern sollte, bis er aufholte, ahnte keiner von ihnen.

Weiter, immer weiter …

Was bedeutet das für einen Menschen: zu laufen? Es bedeutet nicht nur, dass er von seinen Füßen fortgetragen wird.

Die natürlichste Art der Fortbewegung für den Menschen ist das Laufen, auch wenn dies vielen unverständlich erscheint. Denn in einer Welt, die von der Zeit beherrscht wird, ist diese Form des Schreitens durch den Raum nicht effizient genug. Zeit und Raum aber wurden geschaffen, um sich von ihrem Zentrum fortzubewegen. Die natürlichste Form der Fortbewegung hingegen ist der einfachste Weg, um sich wieder zum Zentrum hinzubewegen.

Wenn sich der Wanderer auf dem Weg zu einem weit entfernten Ziel, wie beim Pilgern, über einen langen Zeitraum auf den Weg konzentriert, indem er ihn geht, bekommt er ein Gespür dafür, wie er sich zu seiner ureigenen Natur wenden kann. So macht das Ziel dem Weg Platz. Zeit wird zeitloser. Über eine abgelaufene Distanz zurückschauen, bedeutet, auf ein geleistetes Werk zu schauen – mit Zufriedenheit.

Weltliches Geschehen verliert an Wichtigkeit. Was zählt, ist die Gegenwart. Ihr muss man sich stellen, mit ihr muss man zurechtkommen, denn sie ist das Tor zum Zentrum. Wer das Tor nicht zu öffnen vermag, verharrt im Schatten seiner Hoffnung. Wer bereits nur an dieses Tor anklopft, der bekommt das Gefühl, dass das Ziel – die Zukunft – schwindet, damit der Weg – die Gegenwart – in Erscheinung treten kann. So wird jeder Tag ein Erlebnis, mit dem Weg eins zu sein.

Dies war ein Gefühl, das Diana und Ramon immer mehr erlebten. Sie liefen, um zu laufen. Nicht, um vor etwas davonzulaufen, und auch nicht, um irgendwo hinzulaufen. Sie liefen, um auf dem Weg zu sein. Ihrem Weg! Jeder für sich und doch gemeinsam.

Jede Entscheidung schien dabei richtig. Bei einem plötzlich hereinbrechenden Regen fanden sie in einem Lokal Unterschlupf und nutzten die Pause. Legten sie eine lange Tagesstrecke zurück, schien die Sonne bis in den späten Herbstnachmittag. Oder sie hielten frühzeitig an, um sich in der Sonne zu aalen. Entschieden sie sich ausnahmsweise dazu, früh aufzustehen, dann wurden sie von einem herrlichen Sonnenaufgang empfangen, dessen Rot sie freudig bestaunten.

Die kleinen Dinge des Lebens erhielten großen Wert. Sie lernten immer wieder neue Pilger kennen, mit denen sie gerne Kontakt aufnahmen, doch sie blieben weiterhin zu zweit. Ihre anfänglichen Bekanntschaften schienen wie verschwunden. Wo war Sam, der sie trotz seines Alters immer wieder eingeholt hatte? Was machten die Flanders? Wie erging es Pia und Don? Ob Anne glücklich war allein? Und was war aus Matt geworden? Und Alfonso und die vielen anderen Pilgerfreunde?

Eines Abends, nach einem intensiven Fußmarsch, erzählte Diana Ramon, dass ihr der Weg wie eine große Metapher erschien. Wie ein Ausschnitt aus ihrem eigenen Dasein. Als würde sie sich selbst betrachten auf ihrem Lebensweg. Es wirkte für sie nicht mehr vollkommen real.

Dann trafen sie plötzlich wieder einige bekannte Pilger. Sie gingen am folgenden Morgen in einer großen Gruppe los. Bei strahlendem Sonnenschein genossen sie ihr Dasein in der Natur. Zum Mittagessen fanden sie ein gemütliches Lokal, in dem sie hervorragend speisten – mit gutem Wein. Sie waren sehr ausgelassen und so liefen sie weiter. Jeder pfiff oder sang ein Lied. Angeheitert spaßten sie herum. Die Aufmerksamkeit, die sie auf ihrem schmalen Pfad für die Orientierung aufbringen mussten, hielt sie nicht von der heiteren Stimmung ab. Dabei durchzogen sie von Farn bedeckte Hügel. Der Herbst hatte hier seiner malerischen Leidenschaft freien Lauf gelassen. Zwischen dem Grün lagen rote und dunkelgelbe Farbinseln. Sie tauchten in die farbengesättigte Landschaft ein.

Irgendwann hob jeder einen Stein vom Boden auf. Diesen Stein trugen sie mit sich. Er symbolisierte ihre Laster der Vergangenheit. Einige Kilometer später schmissen sie ihn auf einen riesigen Steinhaufen zu den Altlasten der Pilger aus den letzten Jahrhunderten.

Während des Tages waren sie mit vielen Pilgern unterwegs. Die Gruppierung war mal größer, mal kleiner. Es ergab sich, wie es sich ergab.

Am frühen Abend erreichten sie eine Herberge. Für den Herbergsvater war es die verbliebene Hochburg der Templer, er das letzte Überbleibsel der Ritterschaft. Sein Äußeres entsprach dem Inneren seiner Burg. Als Untertanen dienten ihm jedoch nur die Kakerlaken. Sicherlich konnten sie bei ihm das letzte Gefecht der Tempelritter über Nacht nachstellen, sobald sie sich auf einer Matratze niederließen, um einen aussichtslosen Kampf gegen die Bettflöhe, Milben und anderes Ungeziefer auszustehen.

Das größte Problem war, dass es unmöglich schien, die nächste Ortschaft vor Einbruch der Dunkelheit zu erreichen. Die übrigen Pilger, die schon angekommen waren, ließen sich erschöpft auf den Bänken nieder. Auch sie schien die Templerburg mit ihrem Tempelritter nicht zu überzeugen. Doch sie waren sterbensmüde vom Tagesmarsch und unfähig, ihre Füße für weitere Strapazen zu beanspruchen.

Also waren Diana und Ramon wieder auf sich allein gestellt. Angewidert vom Schmutz der Herberge zogen sie eilends weiter. Eine Entscheidung, die sie nicht bereuen sollten.

Bis zum Sonnenuntergang dauerte es nicht mehr lange. Doch bevor die Sonne unterging, zogen immer dichter werdende Wolken über den Himmel. An einzelnen Stellen ließen sie Sonnenstrahlen hindurchleuchten, sodass auf den Bergen Lichtungen entstanden. Nun führte ihr Weg nicht mehr durch ein Farbenmeer, sondern durch eine verschiedentlich beleuchtete bergige Landschaft, die wie eine Schwarz-Weiß-Zeichnung erschien. Die Berge wirkten in dieser silhouettenhaften Beleuchtung zart, feminin. Weit und breit war nichts zu sehen, nichts zu hören außer naturbelassene Anmut. Die beiden konnten sich kaum noch auf ihren Weg konzentrieren, da sie sich von der berauschenden Stimmung geradezu überwältigt fühlten und immerzu in die Weite schauten. Aufgrund der hereinbrechenden Dämmerung erwarteten sie, dass diese Bildgewalt bald ein Ende nehmen würde. Doch je dunkler es wurde, desto geheimnisvoller wurde die Anhöhe, auf der sie sich befanden. Erst nach einer ausgedehnten Weile, die jedoch in Kürze verstrich, endete das Naturspektakel in der Schwärze der Nacht.

Als sie schließlich außer ihren eigenen Füßen nichts mehr auf ihrem Pfad erkennen konnten, erschien eine spärliche Dorfbeleuchtung ein wenig unterhalb von ihnen. Sie stiegen den Berg hinab, um ein winziges Dorf zu erreichen, in dem es eine gemütliche Herberge gab. Nach einer kurzen Dusche schleppten sie sich zum Abendessen, wo bereits einige Pilger zu Tisch saßen. Doch die beiden nahmen, müde vom langen Tagesmarsch, für das Abendessen nicht allzu viel Zeit in Anspruch. Bald zogen sie sich zurück und versanken in friedlichem Schlaf.

Auf ihrem weiteren Weg durchquerten sie noch viele sehenswerte Dörfer und fühlten sich gut, da sie dies als Pilger taten. Keiner der Einwohner stellte zu viele Fragen, da sie das Symbol der Muschel erkannten. Die Unverbindlichkeit vermittelte ein Gefühl von Freiheit, das gemeinsame Ziel eine Zusammengehörigkeit mit den übrigen

Pilgern. Und dieses Ziel rückte beachtlich näher und damit auch immer weiter ins Bewusstsein. Die Freunde tauschten sich aus, was das Ziel für den Einzelnen bedeuten möge. Oft liefen sie auch stundenlang nebeneinanderher, ohne zu reden. Später vertraute Diana Ramon an, dass sie anfangs vorgehabt hatte, allein zu pilgern. Da Ramon rechtzeitig verstanden hatte, dass ihr das Schweigen ebenso wichtig war wie das Reden, war das Pilgern für Diana mit ihm schöner, als alleine den Weg zu gehen.

Ein Thema, das in diesen Tagen oft Anklang fand, war ihr Verhältnis zum Christentum. Beide wussten einiges über die Geschichte der Ecclesia Catholica, auf deren Pilgerweg sie sich befanden. Beide äußerten ihre eigenen kritischen Ansichten über deren Missionierungseifer. Beide hielten eine gewisse Distanz zum Machtmonopol der Kirche für angemessen.

Eines sonnigen Nachmittages gelangten sie wieder zu einer abgelegenen Herberge. Sie gingen dem letzten großen Abschnitt ihres Weges entgegen. Zu dieser späten Jahreszeit waren nur noch wenige Pilger auf dieser Teilstrecke unterwegs, doch das Wetter konnte besser nicht sein.

Müde vom Gehen wünschten sie sich nur noch eine Erfrischung und Gelegenheit, ihre Beine auszustrecken. Als sie den Empfangsraum der Herberge betraten, waren beide freudig erstaunt, das glückliche Lächeln des guten alten Sam zu sehen. Es war für sie, als ob sie nach sehr langer Zeit wieder einen alten Freund in die Arme schließen konnten. Dieses Wiedersehen wurde mit einem gemeinsamen Abendessen gefeiert. Und am nächsten Tag brachen sie vereint auf. Gemeinschaftliches Aufbrechen war feierlich.

Die Morgenstunden fielen der Jahreszeit entsprechend kühl aus. Doch zur Mittagszeit begann die wohlige Wärme. Am Nachmittag legten sie eine Pause ein, um sich von Sam zu verabschieden. Er wollte den letzten Abschnitt des Weges ausgedehnt genießen und nicht mehr weite Strecken an einem Stück zurücklegen. Freude und Trauer leuchteten in allen drei Augenpaaren auf. Ihnen wurde gewahr, dass dies ihr letzter Abschied war. Doch sie wussten auch, dass sie etwas ganz Besonderes teilten. Dieser Teil erfüllte ihre Herzen. Es war der Anteil, der bestimmt war für die Ewigkeit.

Das Ende naht

Eines Morgens, als Diana und Ramon sich angeregt auf ihrem Weg austauschten, fiel ihr Blick auf eine schlichte romanische Kirche. Nahezu so klein wie eine Kapelle, doch mit großer Ausdruckskraft. An den kleinen Rundbogenfenstern konnte man die Dicke der festungsartigen Mauer erkennen. Unterschiedlich große, dazu noch unbehauene Steine lagen dicht aneinander geschichtet und bildeten das konzentrierte Mauerwerk. Es war ihnen unmöglich, an diesem architektonischen Kunstwerk vorbeizugehen, und sie verspürten den Drang, das Innenleben der Kirche zu betrachten.

Auch im Innern war die Kirche sehr einfach gehalten. Das ungleiche Gestein der Wände wurde hervorgehoben, indem es nicht verputzt angeglichen worden war. Die Unebenheit, welche sich in den Rundbögen der Decke fortsetzte, verlieh dem Innenraum eine starke Lebendigkeit. Unterstützt wurde dieser Eindruck durch die groben ungeschliffenen Steine des Fußbodens. Säulen gab es keine. Wenige Fenster ließen einige Lichtkegel im schwach beleuchteten Kirchenraum zu. Die Apsis war spärlich eingerichtet. Doch ihre Blicke wendeten sich stets zur Rotunde mit den kleinen Sichtöffnungen der umfangreichen Wandung. Das abgedunkelte, geerdete Innenleben hüllte die Besucher schützend und behaglich ein. Ramon fühlte sich verborgen wie in einem Schoß, der bald das Tor zum Leben öffnen würde.

Beide zündeten jeweils eine Kerze für ihre Mütter an und damit auch für *die* Mutter allen Lebens. Sie verweilten ein wenig auf einer Bank, um die ruhige Atmosphäre in sich aufzusaugen.

Diese Ruhe wirkte den restlichen Tag über nach. Sie redeten wenig, nahmen sich gemeinsam in ihrer Umgebung wahr. Sie liefen. Alles war gut.

An diesem Tag entschieden sie sich sehr früh für eine Unterkunft, um die heiße Nachmittagssonne beim Faulenzen zu genießen. So räkelten sie sich in der Sonne, als ob sie spürten, dass es der letzte Sommertag im späten Herbst war. Am Nachmittag schauten sie sich die Ortskirche an, die sich als Quader auf dem hoch gelegenen Marktplatz auftürmte. Sie wirkte nicht stilecht. Zu burgähnlich war ihre quadratische Grundform. Gebaut, um sich eigenständig und selbstsicher von den anderen Kirchen des Weges zu distanzieren. Die Sonne beleuchtete die schlichte Rosette, wodurch sich die Farben des bunten Glases mit aller Klarheit in der Apsis widerspiegelten. Ein Spiegelbild von Farben so klar, als wäre es aufgemalt.

Gemeinsam mit Jan, einem Pilger, den sie bereits öfters auf ihrem Weg getroffen hatten, saßen sie auf den Stufen des Portals. Er war schon sehr lange unterwegs, und das möglichst allein. Doch allmählich fühlt er sich bereit für Begegnungen.

Wenn Jan im Gespräch etwas wichtig erschien, kramte er seinen Stift hervor und schrieb es auf Papier. Seine wüste Zettelwirtschaft war voller Begriffe, die er der Wichtigkeit halber sammelte. Zu einem bestimmten Zeitpunkt holte er sie wieder zum Vorschein, um darüber nachzusinnen. Doch letztendlich war sein ganzes Bestreben, all das, was er da kreuz und quer in gedanklicher Arbeit aufs Blatt brachte, zu erleben. Das war sein Weg. Er lernte sich kennen, indem er mit anderen teilte. Indem er sich mitteilte. Pilger wie Diana und Ramon, die sich etwas Kindliches erhalten hatten, konnten da nur lehrreich für ihn sein. Auch wenn oder gerade weil er fast so alt war wie sie beide zusammen.

Sie saßen auf den Portalstufen in der Sonne und erfrischten sich mit einem kühlen Getränk. Während Jan seine Erkenntnisse teilte, erschien plötzlich ein junges Mädchen. Das Kleinkind kam zu Diana die Treppe hinaufgelaufen und umarmte sie ohne ein Wort der Erklärung. Schlicht erwiderte Diana diese herzliche Umarmung. Dann ließen sie sich wieder los und schauten sich kurz an. Nach einigen Augenblicken drehte sich das Mädchen schnell um und lief wieder zu ihrer Mutter. Alle lächelten sprachlos ob dieser Geste reinster Menschlichkeit. Kluge Begriffe vermögen nicht, so viel Innigkeit auszudrücken, wie diese schlichte Szene es vorgeführt hatte. War das wirklich so schwer?

Als ihr Platz auf den Kirchenstufen allmählich von Schatten eingehüllt wurde, verließen sie ihn. Jeder ging seines Weges, um Besorgungen zu machen. Später erschien Ramon in der Herberge, um nach Diana zu schauen. Als er sie nicht finden konnte, erzählte man ihm, dass sie gemeinsam mit Jan die Pilgerandacht besuchen wollte. Das erstaunte ihn. In diesem Moment verspürte er allerdings keine Lust, allein zu sein. Aber zur Messe gehen …? Wofür? Trotzdem lief er zum Marktplatz. Im Halbdunkel wirkte die Kirche genauso unwirklich wie im prallen Sonnenschein. Er stieg die Stufen hinan und öffnete die Portaltür. Auf Anhieb erblickte er Diana und Jan zwischen den anderen Besuchern. Er gab sich einen Ruck, trat ein und setzte sich zu ihnen.

Als er dort saß, fühlte er sich wie in einem Theater. Die kitschige Einrichtung wirkte wie eine Kulisse mit dürftigen Requisiten. Sie wurde zusätzlich mit Farblicht angestrahlt. Leuchtende Farben, so grell, dass sie keine Feierlichkeit ausstrahlten. Trotzdem passte alles zusammen, jedoch weniger zu einer Kirche und mehr zu einer kleinen Vorstadtbühne, auf der der Pfarrer mit seinem alten, zahnlosen Ministranten höchstens eine kleine Nebenrolle spielen konnte. Von den Worten des Pfarrers nahm Ramon kaum etwas wahr, da sich vor seinem inneren Auge eine andere Kulisse ausbreitete.

Vor sich sah er einen kleinen Jungen, welcher der Predigt des Pfarrers zuhörte. Es war Ramon selbst, in seiner Kindheit, als er den Pfad des Gehorsams ging. Dann sah er zu, wie er älter wurde und eine Unzufriedenheit in ihm aufkeimte. Trotzig verließ er seinen Pfad. Auf seinem neuen Weg, der nicht mehr sein ureigener war, sondern ein Pfad parallel dazu, sog er das Unbekannte auf. Wie ein Reisender, der das Fremde absorbierte, um sich daran zu ergötzen. Manchmal kreuzte sich dieser neue Weg mit seinem ureigenen. Es waren nur wenige Überschneidungspunkte, die Ramon wie Schnittwunden verspürte. Blessuren, augenscheinlich aus dem Schmerz geboren.

Diesen Schmerz suchte er, zu vermeiden, indem er umso energischer seinen neuen Weg als den ursprünglichen erklärte. Es war ein misslungener Versuch, dem Schmerz auszuweichen. Er sah zu, wie er sich von sich selbst entfernte. Wie er rastlos wurde und vor sich selbst davonlief. Je schneller er rannte, desto langsamer schritt er voran. Alles erschien belastet mit Schwere. Er fühlte sich ausgebremst, blockiert, begann sich im Kreis zu drehen. Selbst Luft bedeutete für ihn Widerstand. In alledem steigerte er sich bis zur äußersten Verzweiflung hinein. Er sah, wie er von sich selbst eingeholt wurde. Der Kummer wurde so stark, dass er auf die Knie sank. Machtlosigkeit überfiel ihn. Leere! Dann trat wie aus weiter Ferne sein Weg zwischen herrlichen Bäumen hervor, deren Herbstblätter blutrot aufleuchteten. Dieser Weg lag noch weit entfernt. Aber es schien ihm, als ob er seinen Duft schon in seiner Nase spüren konnte.

Ein sanfter Glockenton weckte ihn aus seinem Traum. Er fand sich, wie die anderen Bittsteller, kniend auf der Bank vor. Der Pfarrer zelebrierte die Transsubstantiation. Ramon nahm die Kommunion entgegen.

Am nächsten Morgen verließen Diana und Ramon ihr Quartier vor Sonnenaufgang. Das wurde auch an diesem Tag belohnt. Der Himmel ging vom nächtlichen Dunkelblau in Feuerrot über. Es fühlte sich gut an, Pilger zu sein.

***

Die Tage wurden allmählich kühler. Ab und an regnete es auch. Manchmal wurden sie von heftigen Schauern überfallen, die gnädigerweise nie lange anhielten. Auf ihrem Weg war der Unterschlupf in Lokalitäten als Zuflucht vor dem Regenwetter häufiger vonnöten. Beide konnten sie spüren, dass sie aufmerksam dem Ende entgegenliefen. Die Empfindungen über das absehbare Ziel stiegen empor. Wie würde es sein – anzukommen? Und danach?

Obwohl sie nicht in Hast verfielen, wurden ihre Tagesstrecken länger. So geschah es, dass sie eines Tages Matt einholten. Darüber waren sie alle sehr erstaunt. Matt war damals mit dem Gefühl aufgebrochen, allein zu laufen, um seine Gedanken wieder zur Ruhe zu bringen. Das bedeutete für ihn, sehr viel zu laufen. Somit musste er weit aufgeholt haben. Nun standen sie sich wieder gegenüber. Aber auch er lief nicht mehr allein. Nach einigen Tagen des Frust-Ablaufens war er Sara begegnet. Sie verstanden sich sehr gut und gingen fortan gemeinsam weiter.

Es fügte sich wie von selbst, dass die vier nun zusammen bis Santiago liefen. Sara erwies sich als eine angenehme Frau. Ihr krauses braunes Haar rahmte ihre markanten Gesichtszüge ein. Sie war ein wenig älter als die anderen. Ihre kluge Weitsichtigkeit machte die Unterhaltung mit ihr interessant.

Da sie nun zu viert unterwegs waren, wurde die Stimmung neu belebt zur Wanderlust entfacht. Ramon lachte wieder viel mit Matt, spaßte gern mit Diana, tauschte sich angeregt mit Sara aus.

Sie besaß einen reichen Schatz an Lebenserfahrung, was sie in Gesprächen, ohne belehrend zu sein, zur Geltung brachte. Das gefiel Ramon. Besonders eine ihrer Aussagen verankerte sich fest in seinem Unterbewusstsein: In Santiago fing der Weg erst an.

Sie verbrachten sehr wertvolle Tage miteinander. Nichts war aufgesetzt. Sie fühlten sich frei, zu tun und zu sagen, was sie empfanden. Und vor allem besaßen die vier eine sehr gute Wahrnehmung füreinander. Sie waren glücklich, gemeinsam den Weg zu beenden. Die Gespräche, Empfindungen, Begegnungen mit anderen Pilgern, das Erleben der Natur, das Spüren der Füße und die gemeinsamen Abende wurden von den Freunden nochmals besonders intensiv empfunden. Vor allem das Gefühl, dies miteinander teilen zu können.

Ankunft

Am letzten Abend vor der großen Ankunft zogen große weiße Wolken am blauen Himmel vorüber. Die vier Freunde bezogen eine abgelegene Unterkunft, da die örtliche Pilgerherberge überfüllt und schmutzig auf sie wirkte. Geruhsam aßen sie in ihrer Bleibe gemeinsam zu Abend. Noch lange in die Nacht hinein unterhielten sie sich, wie es wohl am nächsten Tag für sie sein würde – am Ziel.

Der kommende Morgen war kalt, stürmisch und nass. Sie liefen ein wenig. Doch nach kurzer Zeit waren sie so durchfroren, dass sie entschieden, ein ausgiebiges Frühstück zum Aufwärmen einzunehmen. Frisch gestärkt gingen sie weiter. Doch schon setzte von Neuem Regen ein. Sie holten wieder ihre Regenwesten hervor, um die letzten Kilometer nicht völlig durchnässt zu werden. Der Regen hielt bis zur Mittagszeit an. Nach einem kurzen Mahl konnten sie, nochmals aufgewärmt, im Trockenen weitergehen.

Diana war sehr enthusiastisch. Zuerst schien es, als wolle sie allein vorgehen. Doch schließlich bremste sie sich, um zusammen mit den anderen anzukommen. Sara ging bewusst langsam, um ihre Ankunft besser zu erleben. Gemeinsam fanden sie wieder ein Mittelmaß an Tempo. Hier wurde Ramon nochmals bewusst, dass er sich den ganzen Pilgerweg über, bis auf eine kleine Ausnahme, immer an das Tempo anderer gehalten hatte. Das gefiel ihm.

Das große Denkmal, das die Stadt der Pilger ankündigte, hatten sie bereits hinter sich gelassen. Sie gingen durch eine moderne Vorstadt. Sara fragte Ramon, wie er sich fühle, um von ihren eigenen Gefühlen abzulenken, die sie nicht richtig zu deuten verstand. Auch Ramon fand nicht die richtigen Worte.

Santiago de Compostela – die Stadt der Pilger – fanden sie als einen historischen Ort vor. Durchdrungen von alten Gemäuern. Überall waren Pilger zugegen, die in Cafés, Bars, Restaurants und gemütlichen Gassen ruhten. Das Zentrum der Altstadt bildete die Pilgerkirche, vor deren pompösen Eingang sie schließlich standen. Sie traten ein und setzten sich. Jeder für sich.

Matt war so überwältigt, dass er in Tränen ausbrach. Ramon stand irgendwann auf und schaute sich um. Pompös! Der Bau sagte ihm weder von außen noch von innen zu. Er wünschte sich, mehr in diesem Moment erleben zu können, doch er konnte es nicht. Wenn dieser Ort eine besondere Spiritualität besaß, dann war sie wohl nicht für ihn bestimmt. Er setzte sich zu Diana, die ergriffen war, und fragte, ob das jetzt alles war. Sie schauten sich an und lachten laut auf.

Am Abend waren sie mit anderen Pilgern verabredet, unter anderem auch mit den Flanders. Da Ramon nicht nach intellektuellen Gesprächen war, trennte er sich von der Gruppe, um Zerstreuung in den Bars zu suchen. Es dauerte nicht lange, bis die Party stieg. Vom ruhigen Pilgerdasein war nicht mehr viel zu erkennen. Der Alkohol floss. Die Musik war laut. Es wurde wild durcheinandergeredet. Männlein und Weiblein suchten und fanden sich.

Nach einer gewissen Zeit musste Ramon feststellen, dass er sich auch hier nicht finden konnte. Wie gerne hätte er sich mit der kleinen Blonden zerstreut; aber er überließ sie einem anderen, indem er die Bar verließ. Er ging in das Café, wo seine Freunde saßen. Er setzte sich zu ihnen. Doch da drohte ihn die Langeweile zu erschlagen. Deshalb verschwand er kurz darauf wieder, um sich in der Pension schlafen zu legen. Die anderen kamen bald nach. Da aber keiner von ihnen tatsächlich Müdigkeit verspürte, gingen sie nochmals gemeinsam aus, um sich die Kirche bei Nacht anzuschauen. Vielleicht auch nur, um zusammen zu sein. Sie schlenderten durch die Gassen mit den alten Gebäuden, hörten Straßenmusikern zu und unterhielten sich. In ihren Schritten und Worten war nun Trauer zu vernehmen. Abermals die Trauer des Abschieds. Es war eine innige Herzlichkeit zwischen ihnen entstanden. Musste es hier enden? Sie standen auf dem großen gepflasterten Platz vor der Kirche. Mond und Laterne beleuchteten sie. Die kühle Luft tat ihnen gut.

Die nächste Pforte

Am nächsten Morgen wachte Ramon früh auf und verließ das Zimmer, während die anderen noch schliefen. Er schlenderte durch die Straßen. Santiago de Compostela galt seit eh und je als die Stadt der Pilger. Damit war es auch seine Stadt. Doch war sie das wirklich? Er ging in ein Café, um sich an der schwarzen, heißen Brühe mit einem Croissant zu erfreuen. Es war seit Langem sein erstes Frühstück, welches er allein zu sich nahm – ohne Diana. Kein Gemecker, kein Lachen, kein Gespräch, kein Sich-in-die-Augen-Schauen. Das einzig Warme war schwarzer Kaffee.

Er verließ das Lokal, um zur Eucharistiefeier zu gehen. Diese Messe war für alle Pilger bestimmt, welche die Strapazen der Pilgerschaft auf sich genommen und diesen Ort der Bestimmung erreicht hatten. Er fragte sich, ob er wirklich angekommen war. Einen frommen Christen würden sie in ihm nicht vorfinden. Genau genommen war er weder fromm noch Christ. Doch der Pilgerweg übte seine Wirkung auf ihn aus. Im fortwährenden Laufen gelangte seine Rastlosigkeit zur Ruhe. Er war froh darüber, denn für ihn bedeutete es, mehr inneren Frieden mit sich selbst geschlossen zu haben. Und dieser Friede übertrug sich auf seinen Zwiespalt mit der Kirche. Eine Zeit der Änderung in seinem Leben.

Vor der Kirche warteten die anderen bereits auf ihn. Beim Eintreten begegneten sie einigen Bekannten. Aus Freude, sich am Ende des Weges wiederzusehen, fielen sich alle gegenseitig in die Arme. Oder war es schon die Umarmung zum Abschied? Mit einigen dieser Pilger hatte Ramon auf seiner Reise nur Blickkontakt gehabt. Doch hier schienen sie ihm so vertraut.

Die vier Freunde fanden kaum noch Platz, um sich zusammenzusetzen. Der Kirchraum war voller Pilger und Besucher. Ramon schaute sich um. So sehr er es auch versuchte, er konnte sich nicht auf den Ort einlassen. Für ihn strahlte das protzige Gebäude zu viel weltliche Erhabenheit und zu wenig spirituelle Bescheidenheit aus. Schließlich begann die Messe und alles ging seinen katholischen Lauf. Ramon überfiel Müdigkeit. Matt weinte so sehr, das mit der Zeit seine Wangen völlig benetzt von Tränen glänzten. Sein Gefühlsausbruch war wohl kaum durch die Predigt des Priesters zu erklären. Doch Ramon war nicht in der Lage, den Ereignissen vor Ort zu folgen. Seine Augenlider wurden immer schwerer. Vage nahm er wahr, wie der Botafumeiro zu pendeln begann. Das Weihrauchfass hing an Ketten von der Decke herab. Durch das Hin- und Herpendeln verströmte es den geweihten Dunst.

Weihrauch stieg in Ramons Nase und füllte seinen Gedanken. Das Letzte, was er sah, bevor seine Augenlider endgültig der Schwere nachgaben, war das ewige Hin und Her. Seine Umgebung schien ganz aus dem Pendelschlag zu bestehen. Oder war es sein Herz, das er pochen hörte? Rauch, Geruch, Pochen und dann – Stille.

***

Der Erwachende verspürte Unbehagen darüber, seine Augen zu öffnen. Doch er wusste, dass er der Wahrheit ins Angesicht blicken musste. Er saß in einer von Laubbäumen umgebenen Lichtung, inmitten eines Steinkreises, wie ihn vor langer Zeit die Kelten aufzustellen pflegten.

Etwas erinnerte ihn an die Messfeier in Santiago de Compostela. Das lag nicht an dem, was er sah, sondern daran, was er roch. Der Geruch kohlender Kräuter kroch in seine Nase. Und der kam aus Alfredos Pfeife, die er genüsslich rauchte. Er saß nicht weit von Ramon entfernt und schaute ins Leere. Doch Ramon fühlte sich von den blinden Augen beobachtet. Er wollte ihm Fragen stellen, aber er war nicht fähig, irgendeinen Gedanken zu einem ganzen Satz zusammenzufügen. Er vergaß gar, dass es Fragen gab. Ebenso kannte er keine Antworten. Absolute Leere. Ihm wurde klar, dass er da war, um hinzunehmen. Also nahm er hin.

Alfredo bemerkte Ramons Bereitschaft, nahm nochmals einen tiefen Zug an seiner Pfeife und fing endlich zu reden an. Er sprach davon, dass sein Weg nun beginnen könne. Er sei reif. Es sei wichtig, ein freundschaftliches Verhältnis zum Schicksal zu pflegen. Er brauche viel Mut für seinen Weg, denn der schwierigste Teil der Pilgerschaft würde noch vor ihm liegen. Nämlich: das Sterben der Sonne zu erleben, um neu geboren zu werden. Er versprach ihm auch Hilfe. Der Alte versprach, dass Ramon bemerken würde, von wem die kam. Dabei solle er sich nicht übermäßig auf seine Sinne verlassen. Ramon liebte diese Art exakter Angaben. Bei diesen höhnischen Gedanken erhob sich der Blinde und verschwand hinter den Steinen im Wald, als wäre er nie da gewesen. Also stand Ramon auf und ging los. Er lief mit dem Gefühl los, dass seine Reise erst jetzt begann.

Teil 2
Das Karussell

Person und Zustand – das Selbst
und seine Bestimmungen –
die wir uns in dem nothwendigen Wesen
als Eins und dasselbe denken,
sind ewig Zwey in dem endlichen.
Bey aller Beharrung der Person wechselt der Zustand,
bey allem Wechsel des Zustands beharret die Person.
Wir gehen von der Ruhe zur Thätigkeit,
vom Affekt zur Gleichgültigkeit,
von der Uebereinstimmung zum Widerspruch,
aber wir sind doch immer,
und was unmittelbar aus uns folgt, bleibt.

F. Schiller / Ästhetischer Brief Nr. 11

Am Gutshof

Frostkalte Luft begleitete Ramons Weg durch den Wald. Weniger sein dicker Mantel hielt ihn warm als das Laufen. Bei Einbruch der Dunkelheit verließ er den Wald und sah über eine weite Ebene hinweg. Die karge Landschaft war versehen mit großzügig angelegten Feldern, auf denen sich vereinzelte Bäume und Sträucher verloren. Nach einigen Kilometern – es war bereits rabenschwarze Nacht – erblickte er in der Ferne ein Licht. Es schien aus dem Fenster eines Hauses. Andere Häuser, falls vorhanden, blieben in der Finsternis verborgen. Da ihm die eisige Nacht in der Einsamkeit Sorgen bereitete, lief er auf das Haus zu.

Das Licht brannte in einer Kochstube, in der eine gesellige Runde beim Abendessen saß. Da sie laut durcheinanderredeten, hörten sie Ramons Klopfen an der Tür nicht. Also trat er unaufgefordert ein. Die gesprächige Runde schaute ihn neugierig an. Doch Ramon hatte sich kaum vorgestellt, als man ihn schon zu Tische gebeten hatte und das Gespräch fortsetzte. Einer Erklärung für sein Erscheinen, ihm im Übrigen selbst wenig verständlich, bedurfte es nicht. Es erschien, als wäre er erwartet worden. Bei Tisch erfuhr er, dass die Gruppe Besuch von Wandergesellen und anderen Reisenden gewohnt sei, sodass man ihm der Tradition entsprechend nach dem Essen ein Bett zuwies.

Am folgenden Tag erhielt er nach dem Frühstück eine Führung über das gesamte Gelände des Gutshofes, auf dem er sich nun befand – vom Hauswart persönlich. Er war groß und kräftig von Gestalt, mit einem kleinen kantigen Kopf. Sein Kurzhaarschnitt mit leichtem Bartansatz verlieh der Strenge im Gesicht noch mehr Geltung. Man sah ihm den Stolz über das Anwesen an, das er in aller Erhabenheit beschrieb. Ramon verstand nur nicht, worauf er so stolz war. Alles sah nach sehr viel Arbeit aus, bevor auf diesem Anwesen etwas ertragreich werden konnte. Doch am Ende willigte er ein, für Kost und Logis am Hof zu arbeiten, da der Winter vor der Türe stand. Ohne ein warmes Bett und ein sicheres Dach über dem Kopf würde er ihn schwerlich überstehen. Er spürte, dass die bitterkalte Jahreszeit ihn erwartete. Väterchen Frost tat sich bereits kund und ließ dem Obdachlosen keine Wahl.

Das Zentrum des Anwesens bildete ein riesiger Pavillon, etwa so groß wie ein Haus. Er hatte so viele Ecken, dass er gänzlich rund anmutete. Gleichzeitig war er so verfallen, dass Ramon gar nicht wusste, wo er mit den Ausbesserungsarbeiten anfangen sollte. Überhaupt musste man sich wundern, dass der Pavillon noch stand und nicht in sich zusammenfiel. Doch zu Ramons Verwunderung oder besser gesagt zu seiner Erleichterung musste er nicht am Pavillon arbeiten. Ihm wurden scheinbar bedeutungslose Tätigkeiten im Gelände zugeteilt. Der Hauswart erklärte kurz das Notwendige und überließ Ramon selbstständig seiner Aufgabe, die er, ohne viel Aufhebens, begann. Es fiel ihm schwer, die Arbeit zu seiner besten Zufriedenheit durchzuführen, da er Sinn und Zweck der erhaltenen Tätigkeit nicht recht verstand.

Am späten Nachmittag schaute der Hofnarr vorbei und unterhielt Ramon auf belustigende Art. Mit seiner rundlichen Figur trat er gemächlich auf. Wie zwei aufeinandergesteckte Kugeln rotierte ein molliger Kopf haltlos zwischen den Schultern, stets nach Gleichgewicht trachtend. Während der Hauswart sich in Schwarz kleidete, trug der Hofnarr eine unzusammenhängende Kombination von farbigen Kleidungsstücken. Der lästerliche Ton in seiner Stimme war nicht zu überhören. Somit erfuhr Ramon, dass der Hauswart auf dem Gutshof nichts zu sagen hätte. Wiederum der Buchhalter, welcher am folgenden Tag von einer Exkursion zurückkehre, im Wesentlichen entschied, welche Arbeiten zu bestimmten Zeiten für das Hofgeschehen verrichtet werden mussten.

Zum Abendessen versammelte man sich in der Küche. Gesellig angeregt gelang Ramon mit der Hofdame ein vertrautes Gespräch.

Es war nicht zu verkennen, dass sie mit dem Hauswart in einer Beziehung stand. Auch wenn sie das nicht offen ansprach. Sie war klein und schlank, dafür um einiges älter als ihr Geliebter. Die Schicht Kosmetika in ihrem Gesicht vermochte dies nicht zu übertünchen. Und ebenso wie der Hauswart war sie stolz auf das gesamte Hofgeschehen. Das war beinahe das Einzige, das Ramon während der Unterhaltung klar verständlich wurde. Abermals verstand er nicht, worauf ihr Stolz sich begründete. Ihre Gedankengänge kamen ihm so komplex vor, dass ihre Verfolgung ihn schnell ermüdete. Ihre Äußerungen machten auf ihn den Eindruck hochmathematischer Gleichungen, die er ohne ausgiebiges Studium keineswegs verstehen konnte. Doch im Laufe des Abends trat mehr und mehr die Zuversicht ein, dass keiner sie wirklich verstand.

Außerdem saßen noch drei Schergen und eine Maid mit am Tisch. Die vier bildeten die Jugend am Hof. Welche Arbeiten sie verrichten mussten, war Ramon bisher unbekannt. Weitere Gäste, wie in der letzten Nacht, gab es außer ihm keine.

Früh am Morgen fand das gemeinsame Frühstück statt, bei dem auch schon der Buchhalter saß. Dieser begrüßte Ramon freundlich, hocherfreut über den Besucher samt spontanem Arbeitseinsatz. Er stellte Erkundigungen an, ob sich der Neuankömmling schon einigermaßen mit dem Gelände vertraut gemacht hatte. Zudem erklärte er Ramon, wie wichtig es sei, dass Idealisten an dem Aufbau dieses gemeinnützigen Lebens tätig seien. Die just beendete Reise des Buchhalters hatte dem Anliegen gedient, einige Kapitalanleger für den Hof und das dazugehörige Wirtschaftsunternehmen zu gewinnen. Aus diesem Grund hegte er die Idee, einen besonderen Blickfang für etwaige Anwärter zu errichten. Deshalb fragte er Ramon, ob er in der Lage sei, ein Kunstwerk für das Gelände herzustellen.

Ramon gefiel die Idee auf Anhieb. Da er in seiner gegenwärtigen Arbeit keinen rechten Sinn sah und es ihm widerstrebte, seine

Zeit mit nutzlosen Dingen zu verbringen, freute er sich über dieses ungewöhnliche Angebot umso mehr. Er begann gleich nach dem Frühstück, seine neue Aufgabe vorzubereiten. Aus herumliegenden Baumaterialien wollte er ein Kunstgebilde entstehen lassen.

Etwas später, während er seine neue Arbeit verrichtete, hörte er eine Trompete ächzen. Nach der wenig virtuosen, doch sehr lustigen Melodie schloss er, dass es sich hierbei nur um den Hofnarren handeln konnte. Zwischen den schrägen Tönen der Trompete vernahm er einige Wortfetzen, in denen er die Stimme des Hauswarts erkannte. Es klang, als würde er einen Ansager imitieren. Da sich Ramons Arbeitsplatz nicht im Sichtfeld der Geräuschparade befand, ihn aber die Neugierde packte, lief er zum Brennpunkt des Geschehens. Sowie er ins Blickfeld eintrat und sah, was vor sich ging, traute er seinen Augen kaum. Der alte Pavillon drehte sich wie ein Karussell. Mittendrin der Hauswart, einen schweren Stock in der Hand haltend, mit dem er ab und an zum Rand lief, wo er den Stab fest gegen den Boden stemmte und vorgab, durch seine Kraft das Karussell in Bewegung zu versetzen. Dabei sah man seine muskulösen Unterarme, was, unterstrichen durch seine kräftige Gestalt, mächtig Eindruck machte. Zudem rief er ins Gelände hinaus und ermunterte Zuschauer – die nicht vorhanden waren – teilzunehmen.

Etwas abseits auf der Tribüne sah die Hofdame dem Hauswart mit Bewunderung zu. Ihr länglicher spitzer Hut, an dessen Ende ein Seidenschweif wehte, verhalf ihrer kleinen Gestalt zu mehr Größe. Sie lächelte häufig zu ihrem Verehrten hinüber. Dies bewirkte, dass seine Brust anschwoll und seine Stimme noch überzeugender scholl. Beim Abstoßen ließ er sichtbar seine Muskeln spielen.

Wie ein Fuchs tauchte ab und an die dürre Gestalt des Buchhalters auf, der schaute, ob alles nach seiner Vorstellung verlief. Ihm schien nichts zu entgehen, was sich auf dem Gelände abspielte.

Ramon schaute dem Geschehen einige Zeit voller Erstaunen zu. Er war umso mehr verwundert, als die ersten Leute erschienen.

Wie selbstverständlich nahmen sie im Pavillon Platz und genossen die Rundfahrt. Dabei winkte ihnen die Hofdame von der Tribüne zu. Der Hofnarr brauchte nun nicht mehr in die leere Landschaft zu tröten. Auch die Stimme des Hauswarts rief nicht mehr ins Leere, sondern sprach das Publikum an. Der Buchhalter begrüßte jeden Besucher einzeln und beglückwünschte sie zum Rundgang auf dem Hof. Währenddessen empfing die Hofdame nur ausgewählte Gäste, wofür sie sich von ihrer Tribüne herablassen musste.

Die darauffolgende Zeit verstrich unverändert. Das Karussell lief. Da Ramon seine künstlerische Tätigkeit sehr beschäftigte, verfolgte er das Hofgeschehen wenig. Die Begebenheiten vor Ort wirkten nebensächlich auf ihn ein. Die weite, karge Landschaft beruhigte Ramon.

Abgelenkt durch die vielen neuen Eindrücke, nahm er anfangs kaum wahr, wie gut ihm die künstlerische Arbeit bekam. Durch die kreative Beschäftigung verschaffte er sich einen Freiraum, der ihn von dem übrigen Hofgeschehen abgrenzte. Ungeachtet des Winters, der geschwind hereinbrach und die Landschaft mit eisiger Kälte und Schnee bedeckte, vermochte er, dem ungewohnt harten Frost standzuhalten.

Trotzdem bemerkte er bald Zwist unter den Höflingen. Der Buchhalter war immer anderer Meinung als die Hofdame. Das war nicht sonderlich verwunderlich, da ihre hochgestochenen physikalischen Formeln kaum jemand richtig zu deuten verstand. Der Hauswart hielt einvernehmlich zu seiner Dame der Wahl. Doch manchmal hielt er sich wohlweislich zurück, da auch er nicht viele ihrer Phrasen nachzuvollziehen vermochte. Der Hofnarr unterhielt sich für gewöhnlich weder mit der Hofdame noch mit dem Hauswart. Doch die Worte des Buchhalters bedeuteten für ihn einen Befehl. Er führte sie, ohne zu widersprechen, aus. Der Buchhalter war mit allen unzufrieden. Unaufgefordert verbesserte er alles und jeden.

Er ließ sich über die Maid und die drei Schergen regelmäßig aus. Besonders über die Letzteren wurde er nie müde, sich zu ärgern.

Am angenehmsten war Ramon die Gegenwart des Hofnarren. Gemeinsam alberten sie herum und lachten viel. Doch zuweilen spürte Ramon, dass dem Hofnarren Spannen schwerer Gemütszustände plagten. Während dieser Phasen lag der traurige Clown auf einem Kanapee aus schwarzem Samtstoff. Stumm verkroch er sich unter einer groben Wolldecke, als wolle er sich vor der weltlichen Mühsal verstecken. Überhaupt neigte sein empfindliches Gemüt zum beleidigten Rückzug. Zu schnell fühlte er sich benachteiligt, wenn ihm niemand Gehör schenkte. Oftmals waren Scherz und Ernst nicht mehr voneinander zu trennen. Im Wutanfall lief er hochrot an und brachte keinen Ton mehr heraus. Brüskiert wetzte er davon und tauchte erst wieder auf, wenn er Beruhigung gefunden hatte. Daraufhin gaukelte er vor, niemals gekränkt gewesen zu sein. Doch er wartete auf den passenden Moment, es seinem Übeltäter mit Schimpf und Schande heimzuzahlen. Auch wenn es Wochen oder gar Monate dauerte. Das beschwerte Ramon den Umgang mit dem Hofnarren zuweilen sehr.

Im Gegensatz dazu war der Buchhalter nie launisch. Seine Äußerungen waren stets klar und sachlich. Auf Gefühlsausbrüche ließ er sich nicht ein. Wichtig waren ihm der ungetrübte Überblick und die Kontrolle über das Handeln im Hofgeschehen. Das wiederum missfiel der Hofdame. Sie war der Ansicht, dass ihr die Rolle der Kontrolle zustand. Demzufolge gab es ein stetes Ringen darum, ob ihr oder sein Entschluss durchgesetzt wurde.

Ramon bereitete es Mühe, Partei für einen der beiden zu ergreifen. Die Vorschläge der Hofdame schienen immer logisch richtig zu sein, aber praktisch falsch. Die Empfehlungen des Buchhalters wirkten jedoch zunächst sehr praktisch, aber die Beteiligten fühlten sich samt ihren Fähigkeiten übergangen. Die Maid und die jungen Schergen beteiligten sich wenig an den Entscheidungsgesprächen.

Sie konnten ohnehin nur die Wahl zwischen zwei Möglichkeiten treffen, welche im Allgemeinen wenig an ihrem Tagesablauf änderte. Wenn sie eigene Ideen einbrachten, zog der Hofnarr sie ins Lächerliche. Der Hauswart schätzte sie gering ein, zumal er Wichtigeres zu tun pflegte. Die Hofdame wiederum stellte so komplizierte Regeln zur Durchführung auf, dass keiner mehr wusste, wie der erste Schritt gelang. Der Buchhalter kritisierte ihr Vorhaben so stark, dass ein weiterer Schritt keinen Sinn mehr ergab. Herabgesetzt in Unzulänglichkeit, wurde die Hofjugend mit unwichtigen Aufgaben beschäftigt.

Es gab eine Arbeit, welche die Schergen und die Maid tatsächlich mochten: das Füttern und die Pflege der wenigen Schafe, die der Hof besaß. Für das Karussell konnte die Jugend nur wenig Interesse aufbringen. Ihnen oblag es als eine Tortur, das Unternehmen mit aufrechtzuerhalten, während es für die regierende Partei ein Lebenselixier zu sein schien. So verhielt es sich, dass zwei Parteien auf dem Hof lebten. Das Hofregiment, ausgestattet mit Befehlsgewalt. Dagegen die Jugendlichen als unterstützende Kraft.

Anfangs kümmerte sich Ramon recht wenig um die Hofjugend. Doch mit der Zeit geschah es mehr und mehr, dass der Buchhalter ihn von seiner Arbeit abhielt, sich einmischte und ihm unwichtige Aufgaben übertrug. Diese sollte Ramon dann mit einem der vier Jugendlichen durchführen. So wurde sein künstlerischer Prozess ständig von Neuem unterbrochen, was ihn sehr verärgerte. Das anfängliche Interesse, das er gegenüber dem Buchhalter gehegt hatte, da er seine unnachgiebige Standfestigkeit bewunderte, wandelte sich in Abneigung.

Mit unwichtigen Aufgaben beschäftigt, näherte Ramon sich den Jüngeren. Dabei bemerkte er, dass jeder von ihnen besondere Eigenschaften und Fähigkeiten besaß, welche von den Älteren kaum wahrgenommen wurden. So war der Eifrige immer da, wenn Arbeiten am Hof verrichtet werden mussten. Wo andere stritten, wie ein Arbeitsprozess folgerichtig ablief, hatte er ihn schon längst durchgeführt. Jedoch fand man meistens einen Grund, warum er der Verantwortung nicht gewachsen sei. Stattdessen gab man ihm Aufgaben, bei denen er stark unterfordert blieb. Deshalb sprach er nicht mehr mit den vier Älteren und führte stillschweigend, im Groll, seine Aufgaben halbherzig durch. So geschickt und schnell er mit großen Aufgaben umging, so ungern hielt er sich an den zugewiesenen Kleinigkeiten auf.

Die Gabe, Nebensächlichkeiten hervorzuheben, wohnte dem Klugen inne. Es erstaunte Ramon, wie gut und detailliert der Kluge es verstand, sinnvolle Arbeitsprozesse zu entwerfen. Geschickt antizipierte er Schwierigkeiten und wusste stets, wo nach Lösungen zu suchen war. Das alles war umso bewunderungswürdiger, insofern es sich um eine natürliche Begabung handelte. Was der Kluge nicht verstand, war, was er mit diesem Talent anfangen sollte. Er mied die Klarheit des Tages weitgehend, denn er war ein Nachtschwärmer. Leider musste er am Tage arbeiten und konnte deshalb des Nachts nicht mehr tüchtig sein. Aber genauso wenig konnte er davon ablassen, die Nacht für sich zu nutzen. So fehlte ihm der nötige Schlaf. Dadurch wurde seine tägliche Arbeit träge und unzuverlässig. Seinem individuellen Rhythmus entrissen, wurde er aufgefordert, seine Tätigkeit der Allgemeinheit unterzuordnen. Dort versickerte sein Talent ins Nichts. Und das Nichts wiederum füllte er mit Alkohol, Pulvern und Tinkturen.

Derjenige, der es verstand, Unangemessenes angemessen zu äußern, war der Gemütliche. In seiner ruhigen Art besaß er größeres Verständnis als seine Altersgenossen. Das veranlasste ihn, nicht alles über sich ergehen zu lassen. Gezielte Kritik wurde oft von ihm angebracht, um Antagonisten aus der Ruhe zu bringen, die er jedoch stets behielt. Wenn es aber doch mal geschah, dass er seine Fassung verlor, drehte er sich einfach um, ging zum Herd und kochte Milchreis. Dabei summte er wie eine Tuba und schien alles um sich herum zu vergessen.

Aufgaben jeglicher Art wurden von ihm ohne Probleme durchgeführt. Probleme waren für ihn Aufgaben, die sich mit ausreichend Zeit bewältigen ließen. Und genau das war das Problem, das sich das Hofregiment nicht leisten konnte: Zeit! Deshalb wurde ihm nachgesagt, dass er zu langsam für das Wesentliche sei. So wurden ihm unwichtige Aufgaben zugeteilt.

Die Maid übernahm eine vermittelnde Rolle zwischen den zwei Gruppen. Ihre einfühlsame und vertrauenswürdige Art ließen keine Kritik zu. Unweigerlich wurde ihr eine schlichtende Funktion zwischen den Kontrahenten zuteil. Das forderte sie stark heraus, zwischen den Älteren und den Jüngeren einen Ausgleich zu schaffen. Als Frau fühlte sie sich wegen der Hofdame durchaus nicht ausgeschlossen vom Hofregiment. Allerdings verstand sie die Probleme, die sie mit den Gleichaltrigen wegen ihrer Unterdrückung teilte. Durch ihre enge Verbindung zu den drei Schergen übertrug ihr das Hofregiment keine Entscheidungsgewalt, und somit erhielt sie ebenfalls unwichtige Aufgaben.

Zu Ramons engerem Bekanntenkreis zählte außerdem die Freundin der Maid. Sie wohnte in einem nahe gelegenen Dorf und gehörte zu den stetig wiederkehrenden Gästen. Durch ihr langes blondes Haar und ihre große und schöne Gestalt erschien sie in der kargen, kalten Landschaft wie eine Walküre. Interessiert an Ramons künstlerischer Tätigkeit, machte sie sich mit ihm vertraut. Da sie außerhalb des Hofgeschehens lebte, gab es nun eine Person, der er seine Beobachtungen mitteilte. Ihre rege Anteilnahme bewirkte, dass er sich immer freier äußerte. Also blieb es nicht aus, dass sie sich immer häufiger sahen und sehr schnell Freundschaft schlossen. Der regelmäßige Austausch verlieh einem der kältesten Winter, die Ramon je erlebt hatte, Wärme.

Als das Frühjahr hereinbrach und der Frost milder gestimmt war, verreiste die Hofdame samt Hauswart auf unbestimmte Zeit. Ramon erwartete, dass diese neue Situation Erleichterung bringen würde. Doch sobald die beiden den Hof verlassen hatten, wurde der Buchhalter noch penetranter als sonst. Seine Kontrollen und Anweisungen waren noch schärfer. Er ließ nicht davon ab, Ramon bei der Arbeit an dem Kunstwerk zu unterbrechen. Selbst arbeitete der Buchhalter vom frühen Morgen bis in die späte Nacht hinein. Schließlich hatte man ihm die ganze Arbeit zugeschoben. Überall hörte man sein kränkliches Keuchen. Durch seinen überzogenen Arbeitseifer, versehen mit Kontrollwahn, blieb ihm die Luft aus. Es gab keinen Ort, in den er nicht seine viel zu große Hakennase steckte. Bis er schlussendlich nichts und niemanden mehr riechen konnte. Seine Haut war stark eingefallen. Sein immer kläglicher werdendes Erscheinungsbild ähnelte von Tag zu Tag mehr seiner grauen, farblosen Kleidung, die er wie eine Uniform trug. Er quälte sich völlig entkräftet über den Hof. So lange, bis der Ausgemergelte einen Arzt aufsuchen musste, welcher ihm dringend Erholung verschrieb. Schweren Herzens, ohne eine andere Wahl, verließ er zum Kuraufenthalt den Gutshof in Begleitung des Hofnarren. Bestickt mit geringer Lustigkeit, handelte es sich beim Narren um den Letztverbliebenen, welcher es noch mit dem penetranten Buchhalter aushielt und der sich somit um ihn dilettantisch kümmerte.

Der hartnäckige Krankheitszustand zwang den Buchhalter zu dieser Selbstaufgabe. Damit musste er auch die Kontrolle über das Hofgeschehen aus der Hand geben. Doch bevor er ging, füllte er mit letzter Kraft das Arbeitsbuch mit Aufgaben. Das Protokoll übergab er feierlich in Ramons Verantwortung. Da der penetrante Buchhalter Ramon genauestens beobachtet hatte und der sich als sehr diszipliniert in seiner Aufgabe erwiesen hatte, legte er das Arbeitsbuch, nicht ganz ohne Bedenken, in Ramons Hände. Aber was blieb ihm übrig? Oder genauer gesagt: Wer blieb denn noch übrig? Denn das Karussell musste unter allen Umständen weiterlaufen. Und an dem Tag, als er ging, lief das Karussell mit voller Kraft, wie es seiner Vorstellung entsprach.

So ergab es sich, dass Ramon mit der Maid und den Schergen allein am Hofe verblieb. Bei ihrem ersten alleinigen Frühstück schaute er ins Arbeitsbuch, legte es wohlgeprüft sorgfältig in eine Ecke, wo es genau für die Zeit unberührt liegen blieb, in der sie allein für das Hofgeschehen zuständig sein sollten. Ramon hatte seine eigenen Vorstellungen. Er wollte den jungen Menschen etwas vermitteln, das *ihm* wichtig für das Leben erschien.

Als er sein Kunstwerk beendete, bemerkte er nochmals, wie maßgeblich künstlerische Arbeit seine geistige Fähigkeit beeinflusste, Begebenheiten aufmerksamer anzuschauen. Er wollte den vieren einen produktiven Weg vermitteln, mit dem sie einen kleinen Kunstgegenstand herstellen konnten. Dabei erschien ihn nicht das Endprodukt, sondern vielmehr der schöpferische Zustand maßgeblich, welcher unweigerlich im Seelenleben bestand. Eine Entwicklung, in welcher der Mensch sich als Seelenwesen in der eigenen Umgebung differenzierter wahrnahm.

Schleunigst stellte er einen Plan auf, demzufolge nur die notwendigsten Hofarbeiten verrichtet wurden. Somit besaßen sie ausreichend Zeit für die neue Tätigkeit. Danach suchten sie geeignete Materialien zusammen. Schließlich waren genügend brauchbare Holzreste auf dem Gelände zu finden. Taugliches Werkzeug lieh ihm ein Schreiner, dem ihn die Freundin vorstellte. Sämtliche Utensilien fanden sich zusammen im neu erkorenen Arbeitsraum. Dort zeigte er ihnen den Entwurf seines Vorhabens. Daraufhin leitete er sie an, einen eigenen Entwurf anzufertigen. Etwas verdutzt über dieses ungewöhnliche Vorgehen beugten sie sich erst schüchtern über ihre leeren Blätter und begannen zurückhaltend, kleine Skizzen zu entwerfen. Doch als sie sich überzeugten, dass es Ramon ernst damit war, ging sein Enthusiasmus auf sie über. Bei Korrekturen ihrer Entwürfe schaute er ausschließlich darauf, dass die Gestaltung nicht zu komplex ausfiel. Hingegen bestärkte er ihren individuellen Ausdruck. Wesentlich erschien ihm, dass sie sich mit dem Schöpferprozess identifizierten. Die Auseinandersetzung mit dem Material. Welche Schwierigkeit es bedeutete, zu einer Form zu gelangen. Missgeschicke auszugleichen. Nicht wegen unzureichender Fähigkeit aufzugeben, sondern dazulernen. Letztendlich diente das Endprodukt, um sich den Prozess zu vergegenwärtigen.

Vom ersten Tag an verfolgten sie ihren neuen Plan, möglichst in den frühen Morgenstunden beginnend. Der neue Hofmeier überließ es der Jugend, wie sie die wesentlichen Hofaufgaben am besten verrichteten, um die restliche Arbeitszeit der eigenen Tätigkeit widmen zu können. Dabei stand Ramon ihnen mit Rat und Tat zur Seite. Es war ihm ein Anliegen, gemeinsam zu beginnen und gemeinsam ein Mittagessen einzunehmen. Somit achtete er darauf, dass am Morgen alle pünktlich erschienen. Dies wurde auch eingehalten.

Da das Zubereiten der Mahlzeit nun auch zur Arbeitszeit gehörte, gab es nie Aufhebens darum, einen freiwilligen Koch zu finden. Auch wenn die Kochkünste mal das gewöhnliche Pensum an Zeit und Aufwand überschritten, beschwerte sich niemand. Zu seinem Erstaunen musste Ramon feststellen, dass alle intensiv und engagiert ihre Arbeit verrichteten, sowohl in ihrer schöpferischen Tätigkeit als auch bei den Hofaufgaben. Am Abend wurde nun oft lange gearbeitet. Alle waren eifrig bei der Sache, als Kunstschaffende weiterzukommen. Während dieser Zeit bemerkte Ramon zunehmend, wie die Jugend aufblühte. Lebhafte Diskussionen über Gott und die Welt entstanden, in denen Ramon sich weitgehend zurückhielt, um nicht Wortführer zu werden. Sie äußerten sich frei und beseelt in ihren Gesprächen. In ihrer Gemeinschaft nahmen sie sich als eigenständige Wesen wahr, nicht nur als verantwortungsvolle Hofmitglieder. Sie lebten in voller Ausprägung in der gestalterischen Welt, vermindert in der vorgegebenen. Ramon erfreute sich, Anteil an ihrer Entwicklung nehmen zu können. Auch der Freundin blieb bei ihren Besuchen am Hof die neue Stimmung nicht verborgen.

Doch so wie dieser Freiraum entstand, musste er auch wieder vergehen. Der Erste, der vom Hofregiment heimkehrte, war der Hofnarr. Da der Buchhalter sich erholt hatte, schickte er seinen treuen Vasallen voraus, um nach dem Rechten zu sehen. Erstaunt musste dieser feststellen, wie intensiv sie bei der Arbeit waren. Besonders bei einer Arbeit, die ihm fremd anmutete. Andere Aufgaben, solche, die er kannte, schienen liegen geblieben. Und schlimmer noch: Das Karussell stand still. Doch am allerschlimmsten dünkte ihm, dass, als er mit seinen üblichen Narrenspielen begann, ihn keiner beachtete. Beleidigt zog er ab.

Das übrige Hofregiment erschien – gemeinsam – darauffolgend. Sie trafen ein wie gute Freunde, die sich nach einer Trennung sehnsuchtsvoll erwarteten. Ob das gleichzeitige Erscheinen zufällig oder durch Abmachung geschah, erfuhr Ramon nicht, da er zu diesem Zeitpunkt durch Abwesenheit glänzte. Denn beim Schreiner im nächsten Dorf, wo die Freundin wohnte, hatte er eine Möglichkeit gefunden, unabhängig etwas Geld zu verdienen. So war er für einige Tage anderweitig beschäftigt. Dies tat er mit gutem Gewissen, da die Aufgaben am Hof von der Jugend selbstständig verrichtet wurden und sie wenig seiner Hilfe bedurften.

Die Heimkehrer sahen entsetzt, dass das Karussell stillstand. Der Besucherstrom blieb aus. Wie hatte das geschehen können? Sofort musste eine Zusammenkunft der Misere abgehalten werden. Zuerst wurde die Maid schroff zur Rede gestellt. Vor lauter Verwirrung verfiel sie in Schluchzen. Daraufhin reagierten die drei Schergen mit Missbilligung. Dieses unvorhergesehene Ereignis erkannte der Buchhalter sofort als Gefahr. Geschickt wie er war, änderte er sogleich seinen Ton, wand sich derweil wie eine Schlange um sie herum. Im Zugzwang machte er Eingeständnisse und erlaubte ihnen sogar, ihre Kunstwerke fertigzustellen. Die Auseinandersetzung durfte unter keinen Umständen eskalieren. So beabsichtigte er, neues Ungewolltes möglichst schnell zu ersticken und das Ausgemerzte in die alte gewohnte Form zurückzuhauchen. Das Alte musste zurück zur gewohnten Form finden. Also versuchte er, das Ruder wieder in die Hand zu nehmen. Als Ramon am Abend heimkehrte, begegnete ihm der Buchhalter sehr vorsichtig, da er wusste, dass er das Steuerruder abgegeben hatte und dieser neue Steuermann das Schiff auf Kurs in Richtung Gefahr halten konnte. Was er nicht verstand, war, was dieser listige Meuterer eigentlich bezweckte. Nicht den Überblick zu haben, machte ihn unsicher.

Das Einzige, was Ramon bei der Rückkehr des Buchhalters und seiner Vasallen erlebte, war der altvertraute Zustand, von dem er sich befreit geglaubt hatte. Das entsetzte ihn dermaßen, dass er den Fragen des Hofregiments anfänglich nicht recht zu folgen vermochte. Natürlich war es der Buchhalter, der dies zuerst erkannte und die anderen bat, Ramon doch erst mal in Ruhe zu Wort kommen zu lassen. Als Ramon jedoch bemerkte, dass sich niemand weder für die Arbeiten noch für das Erworbene und schon gar nicht für die Entwicklung der Hofjugend interessierte, wusste er, dass Rechtfertigung auf ihre Anschuldigungen reine Verschwendung bedeutete. Sie erkannten nicht den herrlichen Freiraum, der durch die schöpferische Schaffenskraft entstand.

Was vermochten Worte auszudrücken, wo Kunst schweigen musste? Sollte er einen Blinden vor ein Bild stellen? Also schwieg er. Ramons Schweigen verstand niemand. Verdutzt ob der ungewöhnlichen Situation vereinbarte man eine Fortsetzung zur Aufklärung des Sachverhalts für den folgenden Tag.

Ramon fand durch die Aufregung des Tages nicht in den Schlaf. Also lief er noch zu später Stunde zur Freundin, um ihr von den Ereignissen zu berichten. Sein aufgewühltes Gemüt erhoffte sich Erleichterung durch das Gespräch. Auf dem Weg zu ihr, der durch weite Felder führte, war ihm, als würde er diese Weite in seiner Seele aufnehmen. Zu seiner eigenen Verwunderung spürte er überraschend eine innere Distanz zu den Ereignissen am Hof, wie es ihm zuvor nicht möglich gewesen war. Als wären alle Vorfälle von seiner Person wie losgelöst. Er fragte sich, was in seinem Inneren stattfand. Als ihm die warme Abendluft durch das Haar wehte, fiel ihm plötzlich ein, dass er ursprünglich zum Überwintern hergekommen war. Was hielt ihn, nun im Frühsommer, weiterhin?

Bei der Freundin eingetroffen, um sich wie gewöhnlich über das Hofregiment auszulassen, blieb ihm sein Bedürfnis nach Aussprache im Halse stecken. Wohin waren seine Worte verschwunden? Bedurfte die friedvolle Stimmung noch eines Gesprächs? Im Gegensatz zu seiner Ruhe schien die Freundin aber vollends aufgebracht. Sie mochte keinen Anteil an seinem Frieden nehmen. Die Wandlung in ihrem Freund blieb ihr keineswegs verborgen. Sie sah, wie ihr Vertrauter sich bereits innerlich vom Hofgeschehen − und damit auch von ihr − verabschiedete. Erbost redete sie auf ihn ein, während es dem Zuhörer schwerfiel, ihre Verärgerung nachzuvollziehen. Schließlich beschwerte sie sich über Ramons Benehmen. Sein egozentrisches Auftreten. Sein unaufgefordertes Kommen und Gehen. Sein stetes Entscheiden ohne Absprache mit ihr.

Er konnte sich nicht daran erinnern, dass überhaupt schon mal irgendjemandem sein schlechtes Betragen dermaßen aufgefallen wäre. Nach einiger Zeit war er des Argumentierens müde, noch mehr des Zuhörens. Ihn verlangte nur nach einem: gehen. Also ging er − durch das Ungewisse der Nacht.

Der Flüchtige lief durch einen Wald, in dem junge Bäume wie Speere im Boden steckten, um im Wettstreit heranzuwachsen. Die kühle Nachtluft wirkte durch sein Hasten stickig und drückend. Beim

Fortschreiten änderte der Wald sein Aussehen. Aus Sprösslingen wurden herrische Buchen. Ausgewachsene Laubbäume spiegelten im Mondschein die schillernde Nacht.

Plötzlich in einer Lichtung stehend, fand Ramon sich ganz unerwartet in einem Steinkreis wieder. Dieser war kaum als solcher ersichtlich, da er nicht sonderlich ordentlich erschien.

Der Mond beleuchtete den Gesteinszirkel silbergrau. Leichter Bodennebel ließ die Brocken in Zwerggestalten erscheinen. Für Ramons müde Augen verwandelten sich die Wichtel in die verrotteten Zähne eines Riesen. Der Nebel erschien als der Hauch, den der Riese aus seinem alles verzehrenden Schlund ausströmte. Ramon wünschte sich einzig, von diesem Schlund verschlungen zu werden. Also legte er sich in ihn hinein und fiel in einen tiefen Schlaf.

Die Stadt

Ramon erwachte inmitten eines Kreises von Hochhäusern. In deren Fenstern spiegelte sich die Morgensonne. In ihrer Formation wirkten die Giganten, als wolle jeder von ihnen den nächsten an Kraft, Pracht und Größe übertrumpfen. Zwischen ihnen kreuzten sich die Straßen, in denen sich Menschenmassen tummelten. Was auch immer geschah, es war laut und schnell. Er fragte sich, ob die Riesen dort oben ihre Ruhe haben würden.

So saß Ramon da und schaute dem Treiben zu. Einige Menschen, die an ihm vorbeihetzten, warfen ihm Münzen vor die Füße, da sie ihn für einen Bettler hielten. Nach einiger Zeit sammelte er das Geld ein und ging los, um die Stadt zu erkunden. Aber wie? Es schien, als ob sich alle Menschen wild durcheinanderbewegten. Beim Versuch, herauszufinden, was sie bewegte, fand er keinen Grund für ihr Hasten vor. Doch in Bewegung zu bleiben, schien wichtig. Stillstand war nirgends zu erkennen. Der Bewegungsablauf orientierte sich nach Anweisungen auf Schildern. Zusätzlich klangen metallische Stimmen von Megafonen, mit der Aufforderung fortzuschreiten. Lichtsignale blendeten mit Mahnzeichen. Aufgemalte Anhaltspunkte breiteten sich allerseits von großen Straßen bis zu kleinen Gehwegen aus. Er empfand die Anweisungen als gewöhnungsbedürftig für seinen ästhetischen Sinn, doch sehr klar zuweisend für den Verstand. Somit ging die Gesamtheit unaufhörlich geordnet durcheinander ineinander. Der Bewegungsablauf verlief in einer derart intensiven Steigerung, dass alles Visuelle für ihn zerfloss. Farben verwischten zu Grautönen. Der Geräuschpegel war von Obertönen verzerrt. Allerwärts roch es modrig.

Ramon wurde übelerregend schwindlig. Benommen durch die Straßen torkelnd, las er auf einem Plakat: „Oase der Ruhe! Hier und jetzt!" Es schien jemand seinen inneren Hilferuf gehört zu haben. Er folgte der Aufforderung und betrat das Gebäude, in dem die Überladenheit der Sinneseindrücke abnahm. Farben, Gerüche und Formen waren bereits in den Gängen so gestaltet, dass sie den Eindruck von Ruhe und Entspannung vermittelten. Aber bevor er sich einen klaren Eindruck von den Räumlichkeiten verschaffen konnte, saß er bereitwillig in einem Sessel und wurde diagnostiziert. Erstaunt stellte er fest, wie schnell und exakt er einem bestimmten Krankheitsbild zugeordnet wurde. Im für ihn ermittelten Gesundheitsprogramm wurden ihm sowohl Medikamente verabreicht als auch die Information eingeimpft, dass es ihm gut ergehe. Auch wenn der Grund nicht klar war: Nach kurzer Zeit fühlte er sich fassbar besser.

So wurde er mit Gratulation entlassen, aber mit der Bitte, bald wieder zurückzukehren, um einem Rückfall vorzubeugen. Bevor er das Sanatorium jedoch verließ, erhielt er ein Paket. Es beinhaltete Aufgaben, die er erfüllen sollte. Nach deren Erledigung könne er wieder vorbeikommen. Er nahm das Paket dankend an und verabschiedete sich.

Das Paket enthielt Anweisungen zur Ausführung der Aufgaben, die Ramon nicht gleich verstand. Nach genauerem Studieren fand er heraus, wie die Aufgaben mit den überall vorhandenen Anweisungen in der Stadt zusammenhingen. Wenn er die Anweisungen im Paket mit den äußeren verband, erschien sogleich deutlich, welche Richtung er zur Erfüllung der Aufgaben einnehmen musste. Also lief er los und erledigte eine Aufgabe nach der anderen.

Doch jedes Mal, wenn er eine Aufgabe erledigte, wurde ihm ein neues Päckchen zugeteilt. Die Päckchen waren zwar kleiner als das erste und die darin enthaltenen Aufgaben leichter, doch sie mehrten sich. Als er darüber verärgert wurde, erklärte man ihm, dass er sich nicht grämen solle: Wenn es ihn ermüdete, habe er schließlich wieder das Recht – durch seine Ausführung der Aufgaben –, in der Oase der Ruhe einzukehren. Erneut gestärkt, könne er weitere Aufgaben erfüllen. Die Aufgaben würden nach pflichtgetreuer, tüchtiger Ausführung mit der Zeit immer weniger werden. Wer am Ende alle Aufgaben erledigt hatte, sei von weiterer Ausführung befreit. Als Verdienst empfing man bei Vollendung einen Platz in einer der unteren Etagen der schönen großen Hochhäuser.

Also nahm Ramon widerwillig seine Aufgaben entgegen. Danach erholte er sich, um wieder neue Päckchen entgegenzunehmen. Schließlich erkannte er, dass die Menschen, denen er auf den Straßen begegnete, auch ihre Päckchen zu tragen hatten. Jetzt verstand er, was sie antrieb und warum sie keine Zeit hatten. Denn ihm erging es nicht anders. So lernte er, Verständnis für das Verhalten seiner Mitmenschen zu entwickeln.

Beständig begegnete er während der Durchführung seiner Aufgaben Einwohnern aus den oberen Etagen der Hochhäuser. Er fand heraus, dass sie für die Inhalte der Päckchen Verantwortung trugen. Es war das Ziel eines jeden Aufgabenausführers, aufzusteigen und einen Platz hoch oben im Wolkenkratzer zu erlangen.

Dort durfte man die Inhalte der Pakete mitbestimmen. So wurde man vom Aufgabenausführer zum Aufgabenverteiler.

Eines Tages jedoch fand eine eigenartige Begegnung statt. Zerstreuung aufsuchend, um nicht stetig an Aufgabenpäckchen zu denken, besuchte Ramon eine Theatervorführung. Ohne zu überlegen, nahm er den nächstbesten Zuschauerplatz ein, und der befand sich direkt neben einem Aufgabenverteiler. Das erkannte man sofort an der guten Kleidung, die bei dieser Klasse Mensch immer akkurat saß. Doch jener neben ihm hatte eine Besonderheit: Er sah aus wie Alfredo. Nur sein Haar war kurz geschnitten und gut frisiert, seine Gesichtszüge weicher und vor allem: Er war nicht blind. Mit gestochen scharfem Blick schaute er umher. Ramon beobachtete ihn unauffällig. Als sich zwei Gäste um einen Sitzplatz stritten, waren beide belustigt – während alle anderen der peinlichen Situation durch Wegschauen auszuweichen versuchten – und kamen ins Gespräch. Dabei stellte Ramon fest, dass sogar die Stimme des Mannes beinahe wie die von Alfredo klang. Nur etwas härter, gepresster. Dafür fehlte der raue Unterton. Doch sie blieb zum Verwechseln ähnlich.

Nach Beendigung der Vorführung unterhielten sich die beiden über den Inhalt des Dramas. Es handelte sich um ein Stück, das die Merkmale eines echten Klassikers aufwies: Allseits war es bereits bekannt, doch keiner verstand es tatsächlich. Um den Inhalt verständlich zu ergreifen, hatte Otfried, so der Name des Mannes, einen Philosophen aufgesucht, der als Spezialist der Klassik galt. In seinem Unterricht wurde ihm die Bedeutung dieser kulturellen Höchstleistung vergegenwärtigt. In genüsslich unterhaltsamer Art, für Otfried ganz selbstverständlich, erklärte dieser, was ihnen vorgeführt worden war. Umso erstaunter war er jedoch, als Ramon seine Erklärungen auf eine einfache, doch unerschütterlich bildhafte Art zu Ende führte. Beeindruckt von seinen kühnen Aussagen, schlug Otfried ein Wiedersehen vor, um den Inhalt des Gesprächs weiter zu vertiefen.

Bei ihrem nächsten Treffen erfuhr Ramon, dass Otfried nicht mehr aktiv als Aufgabenverteiler arbeitete. Er hatte sein Pensum vorzeitig erfüllt. Durch seinen damaligen Ehrgeiz war er krank geworden und hatte sich nach der Genesung vermehrt der Kunst gewidmet. Auch dort beträchtlich erfolgreich. Somit genoss er weiterhin hohes Ansehen, was seinem starken Charakter entsprach. Obwohl er schon lange keine Päckchen mehr verteilen musste, sah man ihm die Last der vielen Pakete noch an. Somit wusste er viel zu vermitteln über die Struktur der Päckchen. Und Ramon nahm dieses Wissen sorgsam auf.

Weil Otfried nicht mehr unter dem Druck des Ausführens und Verteilens stand, hatte er sein erworbenes reiches Wissen auf seine Freizeit verlagert. Das wiederum stiftete eine Menge Unruhe in seiner unmittelbaren Umgebung. Denn sein Erfolg als Aufgabenverteiler war die Errungenschaft eines wahren Strategen. Die spielerische Art, mit der er vorgegangen war, als er noch Konzepte für die Aufgaben der Päckchen entworfen hatte, wurde zu seiner Lebensart. Damit brachte er seine Mitstreiter immer wieder in Verlegenheit. Anstatt ihn als Gegenspieler aufzuhalten, vollführten sie als Mitstreiter seine Zielsetzung. Durch sein fesselndes Leitbild wurden sie ihm hörig. Während seiner Anweisungen ließ er die Erfüllungsgehilfen nie aus den Augen. Wie hypnotisiert folgten sie seiner Befehlsgewalt. Bei der Ausführung seiner Anleitung profitierten sie von seiner Geschicklichkeit und glaubten, den erteilten Erfolg aus eigener Kraft zu vollbringen. Sie fühlten sich aber spätestens dann hintergangen, wenn Otfried sie fallen ließ und die nächste Person unter die Fittiche nahm, um mit ihr sein natürliches Talent auszuspielen. Seit sein Spiel aber nicht mehr dem Zweck der Aufgabenverteilung diente, animierte er Menschen zum ungezwungenen Vertrauen seiner schlüpfrigen Vorlieben. Nicht selten endeten seine Unternehmen mit seinen Vertrauten im Schlafgemach. Genau genommen handelte es sich bei ihm schlichtweg um einen Verführer.

In Ramon fand der Schwerenöter einen Zuhörer, der keinen Wert auf Anerkennung legte. Deshalb ließ er sich schwer überzeugen von dem, was nicht seiner Neigung entsprach. Das mochte daran liegen, dass dieser nicht genug vom Spiel des Erfolges verstand. Die einfältige Unbefangenheit seines Zuhörers ermunterte den Erzähler, ungezwungen seine Erfahrungen preiszugeben. In dieser Reflexion wurden Otfried die Irrwege seines Lebens deutlich. Mehr noch wie er andere Menschen verführte, ebenfalls Irrwege zu begehen. Seinen Spieltrieb lebte er darin aus, Menschen zu verführen. Doch anstatt seine Fehler ernsthaft bereuend entgegenzuwirken, brachten seine Geschichten die beiden in eine belustigende Heiterkeit. Otfried besaß die seltene Gabe, über seine eigenen Fehler herzlich zu lachen.

In dieser Selbstverständlichkeit der Unterhaltung über die differenzierten Lebens- und Arbeitsumstände lernte Ramon, das Verteilersystem zu durchblicken. Denn immer wieder, bei ihren häufigen Treffen, redete Otfried über die zusammenhängende Ordnung des Systems – und über das Chaos im Leben. Dabei ging das eine in das andere nahtlos über. Durch die Lebendigkeit der Unterhaltung gelang es ihm sogar, in Ramon Faszination für das System zu wecken, was sein Durchhaltevermögen als Aufgabenausführer nachhaltig stärkte.

Die Unbefangenheit, mit der Ramon zuhörte, erstaunte den erfolgsverwöhnten Otfried umso mehr, da er von der scharfen Urteilskraft seines Zuhörers über das Verteilersystem wusste. Durch Ramons allgemeine Ernsthaftigkeit in seiner Kritik machte sich oft eine Schwere bemerkbar. Der Mangel an spielerischer Lösungsfindung spiegelte das Schwarz-Weiß-Denken seines Gerechtigkeitssinnes wider. Zumal es ihn schwerfiel, in der Differenz zwischen dem, was eine Gesellschaft von ihm abverlangte, und dem, was er als seine persönliche Notwendigkeit ansah, eine Übereinstimmung zu finden. In der Verweigerungshaltung, sich als Einzelner dem Gemeinen unterzuordnen, fand er anstatt Anteilnahme eine

Ausgrenzung vor. Seine Leidenschaft stand gegen die Pflicht. Der aufzehrende Staat entgegen dem spendenden Bürger. Das Abkommen untereinander, zuwider dem freien Entschluss. Die Abweichung vom reichhaltigen Erfolg im Allgemeinen zum guten Ertrag aus dem Entschluss des Einzelnen. Denn der wohlfahrende Erfolg durfte nicht in schatzraubender Leere enden. Vielmehr musste der Ertrag behutsam der individuellen Schöpferkraft förderlich zur Seite stehen. Während Ramon den individuellen Vorzug standhaft verteidigte, verurteilte er scharf den überbordenden Allgemeinzwang. Als könne er das Einzelne vom Allgemeinen mit dem Schwerte trennen. So wie das Richtige vom Falschen.

Für Otfried gab es das einzig Richtige so wenig wie das absolut Böse. Ihm oblag das spielerische Ausbalancieren der Umstände. Das Leben besaß für ihn zu viele farbliche Schattierungen, als dass er es in Schwarz oder Weiß unterteilte. Als sinnlicher Genussmensch verlangte er nach dem, was ihm zustand: Wonne im physischen Dasein. Und der Hochgenuss forderte, in gewisser Ehre zu leben. Während er in Ramons Gerechtigkeitssinn die geistige Kraft schätzte. Wobei Geisteskraft sich selten im Komfort bettete, sondern eher in Abgeschiedenheit ausharrte. Das wiederum widersprach seinem Spieltrieb.

In ihren unterhaltsamen Begegnungen fanden sie im Gegenüber das, was sie an sich selbst vermissten. Durch die Vehemenz, mit der beide ihre Sichtweise vertraten, suchten sie im Austausch einen Ausgleich von physischer Gebundenheit und geistigem Freiheitsdrang. So bewegten sich zwei Strategen auf dem Schlachtfeld des Dialoges. Der eine lernte, seine Farbigkeit im Hell-Dunkel-Kontrast anzuordnen. Der andere fügte seinem Schwarz-Weiß die Farben des Regenbogens hinzu. Dadurch wuchs aus der lebhaften Auseinandersetzung im gegenseitigen Vertrauen eine wunderschöne Freundschaft.

Doch trotz des wachsenden Verständnisses und der Durchhaltekraft blieb für Ramon immer noch eine hauchdünne Wand bestehen, die ihn davon abhielt, jene Farbigkeit im äußeren Leben zu spüren. Er sah in diesem Aufgabensystem keine Möglichkeit, sie zu durchbrechen. Er drehte sich in einem immerfort wiederholenden Kreislauf, bis die Abfolge im System ihn dazu brachte, durchzudrehen, und Erholung abverlangte. Der Erhalt der Ordnung verlangte Begrenzung individueller Entschlusskraft. Diese Begrenztheit engte ihn ein. Aber sein Verstand vermochte es nicht, einen Ausweg aus einem derart gesicherten System zu finden, obwohl er wusste, dass es in der Natur immer einen Weg zum Ausgleich gab. Dieser Drang nach dem Erleben einer wirklich ausgewogenen Erfüllung wurde mit der Zeit so stark, dass er die Ketten der Sicherheit sprengte – indem er das tat, was er wahrhaftig verstand: laufen!

Er lief los und spürte den harten Boden der Straße unter seinen Füßen. Laufen wollte er bis zum Umfallen. Doch je weiter er lief, desto weniger vermochte er, voranzukommen. Er sah, wie der Boden nicht vorwärts, sondern rückwärts unter seinen Füßen dahinfloss. Gleich einem Endlosband tauchte die Zukunft unbedeutend in der Vergangenheit unter. War die Zeit gegen ihn? Je schneller er lief, desto intensiver vernahm er Stillstand. Er spürte nicht den matten Schmerz in seinen Füßen. Es waren seine Augen, die schwach und müde von den vorüberziehenden Bildern wurden. Ramon hatte keine Ahnung, ob er über Mondphasen hinweg lief oder nur für den winzigen Moment eines Augenzwinkerns unterwegs war.

Schließlich lief er an einem Schuster vorbei, dem Ramons abgelaufene Schuhe auffielen. Mit einem Zwinkern schaute der Schuhflicker ihn an, wodurch Ramon sich seiner Lächerlichkeit gewahr wurde. Er hielt an und begutachtete sein abgetretenes Schuhwerk. Es ergab Sinn, anzuhalten.

Beim Schuster

Er schaute in ein freundliches Gesicht, das ihn mit einer Selbstverständlichkeit anlachte, als wäre er ein Altbekannter. Des Schusters Mundwinkel ließen einen Hauch von Ironie erkennen. Ramon schätzte ihn etwa gleich alt ein. Sein Erscheinungsbild war schlicht. Seine Hände waren ohne Frage die eines geschickten Handwerkers. Ohne Ramon nach seinem Weg zu fragen, lud er ihn in sein Haus ein. Sein Refugium machte allerdings den Eindruck einer nicht beendeten Baustelle, die vorzeitig bezogen worden war. Beim Eintreten musste sich Ramon an Jacken, Schuhen, Hüten, Taschen und sonstigen Gegenständen vorbeizwängen, um in die Kammer zu gelangen. Das geschah keineswegs unvorbereitet, denn schon im Vorhof war er einem riesigen Sortiment von Geräten und Materialien bis hin zu Unrat jeglicher Art begegnet.

Während Ramon in der Kammer versuchte, die herumstehenden Gebrauchsgegenstände zu definieren, bereitete sein Gastgeber eilig ein Mahl zu. Das tat er sichtlich mit Freude. Dabei erzählte er, dass er ebenfalls einige Jahre der Wanderschaft als fahrender Geselle verbracht hatte, bevor er sich diesen ruhigen Ort am Fluss zu eigen gemacht hatte. Eine Arbeitsstätte besaß er in der Stadt auf der anderen Uferseite. Er wirkte recht erfolgreich, auch wenn er es nicht betonte. Was ihm fehlte wegen seiner vielen Arbeit und laufender Kundschaft in der Schusterei war Zeit, um sein Haus zu vervollständigen. Er benötigte zwei geschickte Hände zusätzlich.

Ganz hemmungslos, ohne jede Arroganz, redete er vom Leben auf dieser und Arbeit auf jener Uferseite. Dabei klapperten die Kochtöpfe heftig auf den Herdplatten. Ramon wusste beim Zuhören nicht, ob seine Ohren oder Augen stärker beansprucht wurden. Die Kammer, in der er saß, endete zu einer Seite hin in eine offene Küche, wo der Schustermeister eine akrobatische Vorführung am Herd zelebrierte. Zur anderen Seite befand sich das Schlafgemach.

Und nach beiden Seiten hin war wohlüberlegt jeder freie Platz mit einem Gegenstand ausgefüllt. Die ganze Ansammlung nicht zueinanderpassender Artikel stand in solch einem Durcheinander, dass es sich hier eindeutig um einen Meister des Chaos handeln musste.

Beim Abendessen, das hervorragend mundete, fragte der Schuster Ramon ohne große Umschweife, ob Ramon für ihn arbeiten wolle. Viel zahlen könne er nicht, aber einen Platz zum Schlafen gäbe es und zu essen sei auch immer genügend vorhanden. Er würde auch seine Schuhe flicken. Denn in ihrem verschlissenen Zustand könne er ohnehin nicht weitergehen. Da Ramon gegenwärtig keine bessere Möglichkeit sah, willigte er ein.

Bevor der neue Gastgeber am nächsten Morgen zu seiner Arbeitsstätte aufbrach, besprach er kurz und klar mit Ramon, welche Reparaturen er in seinem Haus für wichtig hielt. Dann überließ er ihm das Chaos. Das Einzige, was Ramon zunächst übrig blieb, war: aufräumen! Denn um an seinen eigentlichen Arbeitsort zu gelangen, musste er jede Menge durcheinanderliegende Gegenstände zur Seite schaffen. Was er dabei für wertlos hielt, warf er weg. Das Übrige sortierte er, so gut es ging, und platzierte es an einem Ort, wo es ihm nicht im Weg lag. Ähnlich verlief seine Arbeit in den Pausen in der Küche. So verstrichen endlose Tage, in denen er seine eigentliche Aufgabe schwerlich durchführte. Ununterbrochen tauchten Gegenstände auf, die nach einem geeigneten Platz fragten.

Im Klosterleben oblag es dem Adepten, jedem Ding seinen für ihn bestimmten Ort festzulegen. Es sollte dem Betrachter, der in jenem Umgebungsfeld verweilte, ein Spiegelbild der kosmischen Ordnung geben. Dabei handelte es sich nicht um Pedanterie, sondern um ein Nachempfinden der göttlichen Harmonie. Die wohlgefällige Anordnung führte von Zuversicht zur kontemplativen Versenkung.

In der Mittellosigkeit seiner Lebensweise fiel es Ramon nie sonderlich schwer, Ordnung einzuhalten. Blieb er längere Zeit an einem Ort, mied er es, Ballast anzuhäufen. Seine Erfahrung war: Wenig beinhaltete auf Dauer mehr als das Viel-zu-Viel. Denn jeder Gegenstand forderte seine Aufmerksamkeit. Die wenigen Sachen, die er besaß, legte er sich in der jeweiligen Unterkunft derart zurecht, dass sie ein angemessenes Bild vermittelten – einem Stillleben gleich. Als kurzweiliger Besucher der Erdensphäre blieb ihm Eigentum fremd. Vielmehr sah er sich selbst als ein Eigentum der Erde. Doch hier beim Schuster lernte er kennen, was es hieß, Eigentum zu leben. Er war außer Lage, sich diesem Bild zu entziehen. So sehr er sich auch bemühte, Ordnung in diesem chaotischen Umfeld zu schaffen, der Schuster blieb Herr des Geschehens. Jede Ecke, die Ramon aufräumte, wurde von Neuem bestückt. Jedes Lager wurde neu umgelagert und jeder Arbeitsort musste neu erkämpft werden. Nur der kleine Teppich, auf dem Ramon nach seinen Arbeitstagen erschöpft ruhte, blieb unberührt. Doch schon an seinem Rand stapelten sich die unterschiedlichsten Gegenstände.

Die Arbeit raubte ihm mehr Kraft, als er sich eingestehen wollte. Es fiel ihm beständig schwerer, einen Fortschritt in seiner Beschäftigung zu erkennen. Folglich schaute er durchgehend betrübter auf seine Umgebung. Der Hoffnungsschimmer am Himmel der Ordnung erlosch. Daher griff er auf eine frühere Gewohnheit zurück, von der er sich ein wenig Labsal versprach: Den Morgen begann er nun mit einigen Gymnastikübungen. Er stand auf seinem Teppich und horchte in seinen Körper, nach welcher Dehnung er verlangte. Welche Drehung ein Wohlempfinden bewirkte. Wie er Instabilität durch Haltung und Atmung stabilisieren konnte. Nachdem diese Abfolge der Dehnübungen durch den täglichen Rhythmus einige Festigkeit erhielt, fügte er wie selbstverständlich eine Meditation hinzu.

Die bekannten Meditationsübungen aus der Vergangenheit wollte er nicht anwenden. Weniger in vorgefertigten Lehren suchte er nach Zuversicht. Sein Begehr war nicht mehr die Sehnsucht nach spirituellen Orten, die mehr versprachen, als das gegenwärtige Leben bot. Was ihn dazu bewegte, eine bewegungslose Haltung anzunehmen, war eine unaussprechliche Sehnsucht nach innerem Frieden. So versuchte er, in Demut Ruhe zu finden.

Doch der Alltag war unruhig und die Unruhe behinderte ihn darin, Frieden zu erlangen. In seiner unmittelbaren Umgebung stellte sich nie eine Harmonisierung ein. Das Durcheinander breitete sich unaufhörlich aus. Je eindringlicher Ramon sich bemühte, Ordnung zu schaffen, desto mehr Unordnung fiel an.

Auf den verheißungsvollen Sommer folgte ein regnerischer Herbst. Er nahm die Wandlung in der Natur kaum wahr. Geringfügig berührte ihn der Temperaturunterschied. Arbeit und Tagesabläufe zogen unbedeutend vorüber. Auszubrechen versuchte er im häufig wiederkehrenden Toben bis hin zu Tränen der Wut. Nach einer Zeit absoluter Verzweiflung wurde er so schwach, dass die Tränen auch ohne vorherige Wutausbrüche flossen. Der folgende Gedanke festigte sich in ihm: Die Götter mussten ihn verachten. Völlig verlassen und entkräftet, misslang ihm jegliche Annäherung an die Harmonie.

Da ihn das Tohuwabohu so sehr belastete, schlief er nun in der einzigen freien Räumlichkeit des Hauses: auf dem Dachboden unter den blanken Ziegeln. Der kalte Wind pfiff manchmal herb durch den dunklen, staubigen Söller. Obgleich dieser verdreckt und als Wohnraum unfertig war, hauste Ramon wenigstens oberhalb vom Chaos.

An einem unbestimmten Morgen, als der Frühjahrswind ihn stärker als gewöhnlich weckte, um ihn an das Aufstehen zu erinnern, und Ramon nach seinen Morgenübungen den Speicher verlassen wollte, erblickte er das Seil am Mittelfirst. Nicht dass er es vorher noch nie gesehen hätte, doch jetzt fiel es auf. Er blieb vor dem herabhängenden Seil lange stehen und betrachtete es. Oft hatte ihn das Verlangen nach Auflösung begleitet, obwohl er wusste,

dass es in ihr keine Lösung gab. Doch in dieser vollkommenen Anmut des Chaos verspürte er auf einmal absolute Gleichgültigkeit.
Er sah, wie dieses Seil den seidenen Faden bedeutete, an dem sein
Leben hing. Auch das konnte ihn nicht aus seiner Gleichgültigkeit
befreien. Vielmehr erblickte er es als die letzte Möglichkeit, die er
noch aus eigenem Entschluss ergreifen konnte. Er lechzte danach,
den seidenen Faden des Lebens zu durchtrennen.

Bei diesem Entschluss sah er, wie seine innere Sonne unterging.
Er hatte das Ende der Welt bei Sonnenuntergang erreicht. Nun
wusste er, dass er den Sprung ins Meer der Unendlichkeit durchführen konnte. Was war geschehen, dass er bereit war, seinen letzten Wert, den er noch besaß, opfern zu wollen? Betrübte es ihn
nicht unermesslich, das Leben dem Chaos zu opfern? Sollte etwa
die anhaltende Gleichgültigkeit obsiegen? In dieser feierlichen Re-
gungslosigkeit nahm er sich vor, einen geeigneten Moment für die
letzte Tat abzuwarten. Es musste ihm ein Zeichen offenbar werden,
das ihn zur Handlung aufforderte. Dieses Zeichen erschien ihm in
der folgenden Nacht in einem Traum.

Ramon watete durch einen seicht strömenden Fluss, dessen Was-
seroberfläche fast gänzlich mit welken Seerosen bedeckt war. Das
Wasser reichte ihm nicht einmal bis zur Hüfte. Während er durch
das trübe Gewässer stakste, bemerkte er nebenbei, dass sich eine
leuchtende Kugel auf seiner Schulter hielt und sich in diesem Licht-
schein ein Kleinkind befand. Selbstversunken nahm er den Gegenstand kaum wahr. Es erschien ihm unbedeutend. Entschlossen lief
er in Richtung des gegenüberliegenden Ufers. Als er an Land trat
und sich umdrehte, erblickte er mit Entsetzen, wie sich eine riesige
Schlange aus dem Wasser erhob. Ihr Durchmesser maß mindestens
seine halbe Körperlänge. Ramon überfiel Angst. Er hoffte, dass die
Schlange ihn nicht beachten oder gar angreifen würde. Doch kaum
hatte er diesen Gedanken gefasst, starrte ihn das Ungeheuer mit

aufgerissenem Maul an, zum tödlichen Biss ausholend. Angesichts der Gefahr erschrak er so sehr aus Furcht um sein Leben, dass er erwachte. Mit offenen Augen lag er auf seinem Lager; doch das Einzige, was er wahrnahm, war die Todesfurcht, die er immer noch in seinen Knochen spürte. Endlich erreichte ihn sein erster klarer Gedanke: Was war mit dem Kind geschehen? Während er um sein Leben gebangt hatte, hatte er sich nicht um das kleine Kind geschert. Wie konnte er nur so unaufmerksam und selbstsüchtig sein? Er schämte sich für sein feiges Handeln.

Das Vorbeiziehen der Bilder seines Traumes ließ in ihm die Empfindung aufkeimen, dass es etwas im Leben gab, das über ein individuelles Schicksal fortbestand. Und dieses Übergeordnete musste sicher ans rechte Ufer gebracht werden! Sein Anliegen bestand darin, dass Übergeordnete ans Gestade der Bestimmung zu bringen und damit seinen Bestimmungsort zu erreichen. Also war er verantwortlich für eine Aufgabe, die er zwar nicht klar definieren konnte, die ihm aber das Gefühl gab, alles zu veranlassen, was ihrer Erfüllung diente. Nur eines durfte er nicht: sein Leben sinnlos fortsetzen oder gar vorzeitig beenden.

Gedankenversunken ruhte sein Blick auf einem der Spinnennetze im Dachgeschoss. Wie sich die einzelnen Fäden ineinander verwirkten. Hauchdünn, nahezu unsichtbar, zitterte das Gespinst im Luftzug und doch gnadenlos verfänglich für das Opfer. Aussichtsvoll für den, der es schuf. Es bedurfte der Klarheit des Webemeisters, nicht der Verfänglichkeit der Schicksalsfäden. Jedoch fehlte den Uneinsichtigen dieser Weitblick. Er brauchte wieder die Weite, um sich einen Überblick zu verschaffen. Er entschied sich, einen herzlich guten Freund in den Bergen zu besuchen. So verließ er die Herberge des Chaos.

Des Berges Weiten

Auf dem Weg ins Gebirge nahm er seine Präsenz in der Natur wahr. Er spürte, wie eine neue Lebenslust ihn durchdrang. Nachdem Ramon in der abseits gelegenen Gebirgshütte angekommen war, blieb seinem Freund die spürbare Gegenwärtigkeit ebenso wenig verborgen. Infolge von Ramons Erläuterungen empfahl er die nachhaltige Intensivierung der natürlichen Lebenskräfte. Um den zittrigen Lebensfäden im verwobenen Netz des Schicksalsgespinsts unerschrocken entgegenzuwirken, festigten die Freunde das gemütshafte Seelenleben durch weitläufige Wanderungen in den schroffen Bergen. Das stete Auf- und Absteigen förderte ein tiefes Durchatmen der klaren Bergluft. Abgeschieden vom gesellschaftlichen Wirrwarr, erlebten sie ihre Winzigkeit innerhalb der gewaltigen Gesteinsformationen als ungetrennt von der Natur. Keinesfalls waren sie ausschließlich in ihr, vielmehr mit ihr.

Des Berges Weiten ließen den inneren Aufruhr der vorangegangenen Ereignisse in Ramons verfinsterter Seele in Frieden ausklingen. Im kühlen Wind spürte er auf seiner Haut eine zart wärmende Sonne. In der feinen Höhenluft empfingen ihn des Lichtes Strahlen. Wieder leicht und beflügelt, beschenkt mit natürlicher Lebendigkeit, verband ihn die Massivität des Granitgesteins mit der Erdenschwere. Somit stand er wie elektrisiert zwischen Schwere und Leichtigkeit, auf- und absteigend in Geringfügigkeit und Bedeutung. Von ichbezogener Finsternis zu allumfassender Helligkeit. Die Gewissheit der polaren Lebensumstände, fand in der Natur ihre Entsprechung. Eine lichte Fontäne der Hoffnung durchbrach sein finsteres Dachgeschoss. Seine Zarthaftigkeit, welche es vorzog, in dunklen Gewölben Zuflucht zu suchen, wurde abermals vom ungehemmten Lebensdrang befruchtet. Die Beschaffenheit der Schöpfung mit ihren Geschöpfen offenbarte sich ihm in dem Miteinander.

Blieb das Leben nicht im regsamen Fluss, sofern man nicht versuchte, in Gegebenheiten zu verharren? Auch wenn der gegenwärtige Zustand noch so verheißungsvoll anmutete, fragte der stete Wechsel der Natur nach Veränderung. Ramon indessen wollte die neu geschöpfte Kraft für seinen weiteren Weg nutzen. Aber wie sollte dieser Weg aussehen? Bedenkenlos weiterziehen und hoffen, dass das Ziel vor seine Füße fiel? Nein, diese Erfahrung hatte er nun zur Genüge gemacht. Nur: Wo war sein Ziel? Wie finden, was abhandengekommen? Wann hatte er begonnen, bestimmungslos herumzuirren? Zuvor musste ein Übergang stattgefunden haben, von Absicht zur Absichtslosigkeit. Ein Schnittpunkt auf seinem Lebensweg, von Intuition zu Intentionslosigkeit.

Das Klosterleben, damals, besaß eine klar vorgegebene Zielrichtung. Warum hatte er es verlassen? Was zog ihn in die Welt der Sorgen und Nöte? Nahm er grundsätzlich daran teil? Kannte er eine andere Notwendigkeit außer die seine? Das große Spinnennetz kam ihm in den Sinn. In ihm webte die Spinne ihr Leben. Ihre unmittelbare Verbindung zur Umgebung. War es nicht genau das, was er im Miteinander beobachtete? Ein Netz, in dem sich Gemeinschaften verfingen. Sie erhielten sich am Leben, indem sie sich gegenseitig auffingen, beanspruchten, voneinander profitierten, geradezu aussaugten.

Alle waren gefangen und fingen ein. Jeder Einzelne gab und nahm. Investierte und entwendete. Diese Netze der Verstrickung wurden gehegt und gepflegt, neu durchflochten und verknäuelt. So hingen ganze Schicksalsgemeinschaften zusammen, verknotet in einem undurchdringlichen Wollknäuel. Wo war sein Netz, in dem er sich verfing? War er nicht ein Treibholz, getrieben in der Brandung? Ausgeliefert der unübersichtlichen Weite. Selbstbezogen, unverbindlich und allein verharrte er eingeschränkt im eigenen Horizont.

Wenn sein ganzes Leben nur aus einer Projektion seiner selbst bestand, zu welchem Zweck hatte er dann die vielen befremdlichen Erlebnisse, die genauso schnell wieder verschwanden?

Im Klosterleben hatte er erfahren müssen, dass er für den spirituellen Weg nicht die notwendige Reife aufzubringen vermochte. Es zog ihn auch weiterhin nicht zurück zu einer religiösen Gemeinschaft. Im ausschließlichen Weltlichen fand er keinen Sinn. Dinghaftigkeit empfand er als gewöhnliches Vegetieren – langatmig auszehrend. Auf das ziellose Herumtreiben im Weltgeschehen folgte die herbeigeführte Ernüchterung. Ausgetrocknete Nüchternheit wurde zum ausgezehrten Enttäuschungsschmerz. Schmerzlich verzehrend im Selbstmitleid zwang er sich selbst in die Knie. Buckelig dahinkriechend, mehr einem Wurm gleich als einem Menschen. Doch wenn weder das Spirituelle noch das Weltliche sinnbestimmend auf ihn einwirkten, was blieb dem Wurm übrig?

Ihm fehlte es an Bestimmung. Es war an der Zeit, eindeutige Entschlüsse zu fassen. Aus der Notwendigkeit heraus, für die folgenden Erlebnisse selbst verantwortlich zu sein, anstatt von Ereignissen eingeholt zu werden, welche ihn als verhängnisvolle Enttäuschung schmerzlich umtrieben. Seine Entschlusskraft sollte fortan dienen, den unvorhergesehenen Herausforderungen verheißungsvoll entgegenzuwirken. Wie eben dieses Ereignis hier oben in den Bergen. Aus seiner Absicht heraus war er hier zugegen und gefiel sich besser als zuvor, zumal in freundschaftlicher Teilhaftigkeit. Nur verharren durfte er auch hier nicht. Weder haften bleiben im selbst gesponnenen Netz der Glückseligkeit noch selbstverzehrend durch Selbstsucht. Es bedurfte eines Ausgangspunktes, der nicht nur zum Ausgang aus der Misere führte, sondern als Eingang zum Erträglichen diente. Die Wende, wo auf Mühe Ertrag folgte.

In der zurückliegenden Eintracht im Klosterleben hatte er himmlisch sicher gelebt. Dann verließ er die paradiesische Umfriedung, um das irdische Leben zu ergründen. Sein Vorhaben blieb jedoch aussichtslos. Materiell unvergütet und verarmt im Seelenheil, fand er keine Glückseligkeit im weltlichen Werdegang. Nach hinreichender Erfahrung flüchtete er vor der Sinnlosigkeit von Ort zu Ort, ohne eine Bestimmung zu erreichen. Es gab für ihn kein Irgendwohin mehr. Nur noch ein Fort-von-Hier. Sein Lebensweg glich einer Flucht. Das war der Anfang seiner Ziellosigkeit. Er flüchtete – und begegnete schließlich Alfredo. Der Blinde hatte ihn wieder von Neuem losgeschickt.

Konnte der Alte ihm eine Antwort auf seine Fragen geben? Sahen seine blinden Augen vielleicht ein Ziel, welches dem Sehenden entging? Je mehr er darüber nachdachte, desto klarer wurde ihm, dass der Blinde etwas erkannt hatte, was ihm mangelte. Zornig wurde er bei dem Gedanken, dass ihm der Alte das Wichtigste vorenthalten hatte. Aber würde es weiterhelfen, wenn er ein Ziel von einer anderen Person anstatt durch sich selbst erfuhr? Was nützte ihm Wissen? Zu wissen oder nicht zu wissen, bedeutete ohne Erfahrung dasselbe. Die Wahrheit lag in dem Kreuzungspunkt, wo das Nichtwissen erstarb, um durch die konkrete Erfahrung als Wissen wiedergeboren zu werden, und wo umgekehrt das Wissen durch das vielfältige Leben in Vergessenheit geriet.

Also nicht wissen, aber den Weg ergründen. Alles weitere Grübeln führte zu nichts. Lediglich in der Intuitionskraft, welche zum Ausgangspunkt der Ereignisse führte, sah er seinen Fortschritt. Und die vortreffliche Ausgangsposition war genau dort, wo er sich gegenwärtig befand. Nicht dort, wo er sein wollte, was er sich wünschte, wovon er träumte.

Also packte er seine Siebensachen. Zum Abschied begleitete ihn sein Freund noch eine Wegstrecke, alsdann war er wieder auf sich allein gestellt. Ramon ging seines Weges gefasst mit Lebensmut.

Das Leben auf dem Hügel

Während Ramon die Berge mehr und mehr hinter sich ließ, beschäftigte ihn sein Unvermögen, sich in Gruppen zu integrieren. Woran stieß seine Unfähigkeit der Anteilnahme am Gemeinschaftsleben auf? Warum fiel es ihm schwer, sich auf vorgeschriebene Regelungen einzulassen?

Im Gesellschaftsleben, gleich welcher Art, war der Alltag von Rhythmus und Regeln bestimmt. Gemeinsam suchte man nach einem allgemeingültigen Grundsatz. Damit jeder Mensch gleich vor Gott und dem Staat stehe, entwarf man die Einheit – die Meinungsgleichheit, eine Gesinnungsübereinstimmung. Das war kein schwieriger Prozess, denn der Verstand kommt vom Eigendünkel durch Moral vernünftigerweise immer zur Einheit zurück. Der nach Sicherheit trachtende Mensch neigt zur Einigung. Gegliederte Einheit wurde alsdann verstandesmäßig im Buch der Gesetze festgehalten, um dem Einzelnen die Grenzen des eigenverantwortlichen Handelns zu vermitteln.

Zum Schutze aller hielt der Staat die Grenzen der Vernunft ein. Auch der Gottesstaat. Innerhalb dieser Grenzen förderte er Entwicklung. Um den Einhalt der Regeln zu sichern, entwarf man Regelmäßigkeiten, bestickt mit Ritualen. Ein geregeltes Diktat. Die Einschränkung der Maßregelungen blieb eine absolute Notwendigkeit zum Erhalt der Gemeinschaft.

Eine Gefahr für die Eintracht stellten Individualisten dar. Es lag in ihrer Natur, ihre eigenen Grenzen zu erforschen. Da man sich aber nur innerhalb der vorgeschriebenen Eingrenzung entwickeln durfte, würden Koryphäen sie durchbrechen. Sobald die geregelten Rituale des Staatsapparats Langeweile verursachten, begann der forsche Staatsbürger autonom zu handeln.

Nach Art einer Sicherheitsverwahrung gestaltete die Gesellschaft den Staat mit Unterhaltung aus. Sinnlich verfügbar. Das

Ergreifbare forderte auf, verzehrt zu werden: Konsum bestimmte Kunst und Kultur in der Fürsorgegesellschaft. Materielle Güter wurden produziert, in denen sich der vorurteilslose Geist spiegelte. Die umfassende Güterverteilung in der Kultur führte zur Gleichstellung. Der angeglichene Bürger diente der Erfindung technisch raffinierter Massenfabrikation, deren Vertrieb noch mehr Überfülle und Bequemlichkeit förderte. Dieser erzeugte Wohlstand brachte den Glauben an Fortschritt, an dessen Spitze sich jeder sehen wollte. Im Wettstreit, der Beste zu sein, musste jeder die Spitze des Eisberges erreichen, bevor er schmolz. Gut zu sein, reichte nicht, es galt, besser zu sein. Nur die Ersten besaßen Macht über sich und über andere. Die Befriedigung hielt an, solange das Machtgefälle erhalten blieb.

Zirkulierende Zahlungsmittel wurden durch Konsum gefördert. Doch der unbegreifbare Anteil im Wesen ging immer leer aus im Verzehr: ein ausgezehrtes Seelenleben, welches Unausgeglichenheit hervorrief. Der Mensch wurde aufgeteilt in den unfassbaren Geist einerseits, welchen man in ein spirituelles Jenseits verbannte, während andererseits die physische Hülle sich des Diesseits bemächtigte. Ausgeglichenheit bedeutete folglich ein unaufhörliches Pendeln zwischen dem Streben nach himmlischer Nähe im Unterkonsum und nach irdischer Erfüllung im Überkonsum.

Den eingrenzenden Kreislauf im Staat glaubte man nun geschlossen. Eigentlich war es nur ein kleiner, einfältiger Gedankenkreis. Ein Karussell. Deshalb nannte Ramon es ein Konstrukt. Der Einfachheit halber entschied man sich für das Konstrukt, um unentschlossen zu bleiben. Denn wo die Allgemeinheit, die Gesellschaft, in Übereinstimmung zur Einheit gelang, ging der individuell gefasste Entschluss in der Gesinnungsübereinstimmung unter.

Für Ramon galt es, eigene Entschlüsse zu fassen, sie durchzuführen und sich in der Tat zu erleben. In der Umsetzung wollte er seine eigenen Grenzen erfahren. Selbstverantwortlich zu sein, wurde für ihn entscheidend. Er wollte keine fremde Macht außerhalb seiner selbst anerkennen, die über sein Wohl- und Unwohlbefinden entschied. Er wollte selbstbestimmt an der Umgebung teilhaben, während das Umfeld in ihm anteilig wurde.

Nicht die Motivation, ein guter Mensch in einer erstklassigen Gesellschaft zu sein, trieb ihn an. Vielmehr die Neugier über das phänomenale Leben an sich ermunterte ihn, zum Unerschlossenen vorzudringen. Der Mut zur Fremde vermochte seinen Lebenstrieb anzuspornen, welcher andernfalls im zufälligen Vorhandensein der Schicksale verdorrte. Wie oft beobachtete er, dass vorrangig die Angst vor Misserfolg, Gefahr und Tod den Menschen antrieb, anstatt dass die Liebe zum Leben den Tatendrang inspirierte. Aber hatte er sich bei diesen Beobachtungen gefragt, was ihn am Leben hielt? War er in seinen Gedanken nicht schon mehr in einer Polarität als in einem einheitlichen Grundprinzip des Seins und der Wirklichkeit? War das der Grund für seinen Gang ins Finstere, von dem er sich begleitet fühlte? Er nahm sich vor, aufmerksamer seinen Blick auf sein Vorhandensein in der unmittelbaren Umgebung zu richten, um seine Innenwelt mit der Außenwelt in Verbindung zu bringen.

Während er in seine Gedanken versunken weiterlief, führte sein Weg durch ein kleines Dorf auf einer Hügelebene, das besonders außergewöhnlich erschien. Die Architektur war ihm völlig fremd. Es passte weder zu einer Stilepoche noch zur gegenwärtigen Bauart. Manche der Häuser sprachen eine sehr ungewöhnliche Formensprache. Aufwärts, spiralförmig dem Pfad architektonischer Bauwerke folgend, trat das Hauptgebäude im Zentrum des Hügels hervor. In diesem Zentralgebäude gingen Menschen ein und aus. Am Auftreten der Ansässigen erkannte Ramon sofort, dass es sich hier um eine Glaubensgemeinschaft handelte. Sie zeichnete sich durch die typischen Merkmale aus: nachdenklich, verweichlicht und zu freundlich. Im Zentralgebäude fand er vereinzelte Kunstobjekte vor. Einige wirkten interessant – auch für Nichteingeweihte. Selbst der Kultraum stand Besuchern offen. Für Ramon wirkte er zu überladen an künstlerischem Ausdruck, obwohl er auch hier der Formensprache ihre eigene Kraft zugestehen musste.

Was ihn aber weitaus mehr auf dem Hügel beeindruckte, war die wunderschöne Gartenanlage, die in einen Wald überging. Am Fuße des Hügels lag eine Stadt, die von oberhalb kaum wahrzunehmen war. Er schlenderte über die wohlgepflegte Grünanlage und stellte fest, dass sie ausgesprochen behaglich auf ihn einwirkte. Auf einer Bank sitzend hörte er dem Wind zu, wie er durch die Blätter der Silberbirke ein Lied pfiff, und empfand Ruhe. Der entlegene Ort verlieh das Gefühl fernab vom weltlichen Geschehen.

Ausgeruht entschied er, genauere Erkundungen über die Eigenart der Formensprache anzustellen. Das wurde ihm auch leicht gemacht. Ein Informationsstand mit unterschiedlichen Angeboten war für den Besucher bereitgestellt. Dort lud eine Dame der Glaubensgemeinschaft Ramon zu einem Rundgang im Zentralgebäude ein. Bereitwillig erklärte sie alles über die Entstehung der Tempelanlage. Was hier errichtet wurde, ruhte auf den Grundgedanken ihres Meisters, dem es noch zu Lebzeiten gelungen war, die Grundmauern zu setzen. Was diesen Meister von vielen anderen Lehrern unterschied, war, dass er seine Gedanken auch in künstlerischer Form hatte ausdrücken wollen. Das war es auch, was diese Formensprache so besonders machte. Einige Konturen wirkten sehr stark auf Ramon, andere fast abschreckend und weitere fraglich. Doch er erkannte, dass sie von einem klaren Geist durchzogen waren, als wenn der Geist in den Formen wachsen würde.

Es war deutlich zu erkennen, was nicht der Lehrmeister selbst, sondern nach seinem Ableben das Gefolge hervorgebracht hatte. Des Meisters Adepten konnten an Idee und Ausdruck nichts Neues hinzufügen. Sie blieben am Inhalt ihrer Glaubensgrundsätze haften und fanden dadurch nicht zur eigenen Form. Dabei konzentrierten sie sich auf Vorgaben ihres Gurus und machten aus seiner Formensprache einen Stil. Diesen Stil ästhetisierten sie, um ihn als Kunst zu verwerten. Dadurch erhofften sie sich weltliche Anerkennung. Das war zum Scheitern verurteilt. Diese Gedanken behielt Ramon jedoch für sich.

Da der Dame Ramons sichtliches Interesse gefiel, fragte sie nach seinen Kenntnissen und Fähigkeiten. In ihrer vertrauensvollen Art erklärte sie, dass sie für einen kurzen Zeitraum eine Hilfskraft in der Schreinerei benötigten. Wenn es dem fahrenden Gesellen beliebte, würde sie sich um Kost und Logis bemühen. Ramon war erstaunt, beinahe erschrocken ob der Spontaneität. Er wollte nicht gleich wieder durch übereilte Entschlüsse im gewohnten Kreislauf enden und bat um Bedenkzeit.

Was gab es zu verlieren? Ein paar Wochen Arbeit gegen gute Bezahlung konnten nicht schaden. Sein restliches Geld reichte nicht aus, um bis zu Alfredo zu reisen. Das Eigentliche, das ihn abhielt, das Angebot anzunehmen, war die Sorge, an seine Zeit des Klosterlebens erinnert zu werden. Denn diese Tempelanlage und ihre Menschen wirkten sehr vergeistigt und zurückgezogen vom weltlichen Geschehen. Doch hatte er nicht festgestellt, dass es anderswo für ihn auch nicht besser verlief? Das Dickicht des irdischen Dschungels blieb für ihn undurchdringlicher als geistige Abgeschiedenheit. Was er überwinden musste, war seine Abneigung gegen sein vergangenes Leben. So forderte er von sich selbst, sich in seinem Werdegang anzuerkennen. Irgendwo musste er beginnen, seine Vergangenheit ins gegenwärtige Umfeld einzugliedern. Warum also nicht gleich und hier, wo die Natur so wohltuend auf ihn wirkte? Also willigte er ein.

Wie vereinbart bekam er ein kleines, recht wohnliches Gästezimmer und wurde dem Hausschreiner vorgestellt. Da dieser nicht ausschließlich für die anstehenden Schreinerarbeiten verantwortlich war, sondern auch sonstige Aufgaben im Zentralgebäude ausführte, blieben einige Arbeiten in der Werkstatt liegen. Diese wurden nun zur Ramons Aufgabe.

Die Schreinerei glich mehr einem großen Schuppen als einer ausgerüsteten Werkstatt. Der alte Dielenboden knarzte an einigen Stellen ächzend. Einige brüchige Stellen im Parkett gaben beim Betreten deutlich nach. Ein morsches Dach ließ bei Regen sichtlich Wasser reintröpfeln. Die wenigen Maschinen waren alt, doch gut erhalten. Gepflegt und geschmiert durch regelmäßige Wartung behielten sie ihre volle Einsatzfähigkeit. Ebenso erging es dem geschärften Handwerkszeug, welches geordnet in Schränken vorhanden war. Die Arbeitsstätte war aufgeräumt und Holz stand sauber gestapelt zur Verfügung. Ramon gefiel dieser Ort auf Anhieb. Er befand sich in einem Werkraum, den die vergeistigten Anhänger der Tempelanlage mieden, da dieser Schuppen einen Ort staubigen Schaffens darstellte. Wohlgefällig begann er seine Arbeit.

Die folgende Zeit, die er auf dem Hügel verbrachte, fühlte er sich der Siedlung mehr durch die herrliche Natur verbunden als durch die dort wirkenden Menschen. Es kam ihm vor wie ein Leben in einem Garten, über den eine Schutzglocke gegen den weltlichen Wettstreit hing. Der Boden dieser Anlage wurde gehegt und gepflegt. Die Gärtner kamen ihm vor wie Zwerge, die unaufhörlich diese kostbare Grünanlage behüteten.

Gelegentlich schaute er sich in den Gebäuden um, doch mischte er sich nie in die Glaubensgrundsätze der Menschen ein. Stattdessen ging er eifrig seiner Arbeit nach, die er selbstständig in aller Regelmäßigkeit durchführte. Oft war er allein in der Schreinerei beschäftigt. Die gelegentlich anfallenden Gemeinschaftsarbeiten mit dem Hausschreiner lockerten die Stimmung unter den Gesellen schnell auf, da gemeinsame Arbeit mit den Händen zur Vertrautheit führte. So entstand ein ungezwungenes Arbeitsverhältnis in der Schreinerei, das für die Arbeit nur bereichernd sein konnte. Ramon sprach die schlichte Art des Hausschreiners an. Obwohl er schon viele Jahre vor Ort schaffte, sagten ihm die Grundsätze der Glaubensgemeinschaft wenig zu. Wie Ramon, fühlte er sich mit der Grünanlage auf dem Hügel verbunden. Er schätzte sich glücklich, in Ramon einen Gesinnungsgenossen vorzufinden. Dem Alteingesessenen entsprach es keinesfalls, sich vor dem Neuankömmling als Vorarbeiter aufzuspielen. Diese Bescheidenheit zu beobachten, half Ramon, Ruhe in seiner Arbeit zu finden.

Die Arbeit dauerte länger als geplant, was Ramon wenig störte. Es war lange her, dass er mit so viel Frohsinn einer Tätigkeit nachging. Zumal er seit seinem ersten Arbeitstag in der Stadt am Fuße des Hügels eine Kampfsportschule besuchte. Damit hatte er sich einen lang gehegten Traum erfüllt. Da es ungewiss war, wie lange er an diesem Ort verweilen würde, ließ er den Unterricht kaum einen Abend ausfallen. Anfangs fiel ihm die mühevolle Kampfkunst sehr schwer, wobei ihm die Disziplin des Gehorsams leichtfiel. Was Ramon Mühe bereitete, war, den Bewegungsformen in ihrer Komplexität und vor allem in höchster Geschwindigkeit zu folgen. Er fühlte sich völlig überflüssig in der Gruppe, doch wollte er nicht gleich aufgeben. Es behagte ihm die Idee, Körper und Geist auf diese Art des physischen Praktizierens zu vereinen, vor allem da diese Praxis ursprünglich in Klöstern entwickelt wurde. Das vermittelte ihm, auf eine neue Art und Weise an dem weiterzuarbeiten, was er hinter den Klostermauern zurückgelassen hatte.

Obgleich die Kampfkunst erfüllend ausglich, stieß er im Unterricht innerhalb kürzester Zeit an seine Grenzen. Es bedurfte eines hohen Aufwands an Selbstertüchtigung, nicht vorschnell aufzugeben. Denn eine Bewegung durch die Praxis zu verstehen, war viel anstrengender als ihre Theorie. Allmählich entwickelte er in der Disziplin ein angemessenes Körpergefühl und empfing trotz aller

Verausgabung eine wohltuende Wärme bei der Durchführung. Besonders die Partnerarbeit faszinierte ihn im Training, Wie Opponenten einen Dialog zwischen Angriff und Verteidigung herstellten. Nicht Gewinn oder Verlust bestimmte den Kampf, allein der Austausch zweier Menschen, die sich uneins verhielten. Die Kampfkunst diente als Medium. Es war eine Formensprache des Verschmelzens und Trennens zweier Personen, an der Ramon ungemein Gefallen fand.

Wie beständig seine Arbeit ihn aufhielt, nahm er erst leibhaftig wahr, als der Winter sich bereits mit seinen ersten Anzeichen bemerkbar machte. Mitten in der kalten Jahreszeit stand es ihm wieder frei, weiterzuziehen, da sein Auftrag zur Zufriedenheit seiner Kunden beendet war. Doch Unbehagen hielt ihn auf. Das Gelingen, neben seinen handwerklichen Fähigkeiten, die zum Unterhalt dienten, seine persönlichen Interessen zu verfolgen, bestärkte ihn in seiner Gemütsverfassung. Dieser Erfolg würde nicht mühelos fortbestehen, wenn er abbrach. Doch die Arbeit war zu Ende. Irgendwo würde es wieder neue geben. Aber hier und jetzt? Ohne Aufgabe an einem Ort auszuharren, bereitete ihm Schwierigkeiten, da seine Rastlosigkeit ihn weiter zur Suche antrieb. Unterwegs zu sein, belebte ihn mit Hoffnung und Zuversicht. Der stete Wechsel beinhaltete wiederum, jedes Mal an einem neuen Ort von Neuem zu beginnen. Wenn ihn auch dort wieder nichts hielt, blieb er immerzu das Treibholz in der Brandung.

In dieser Unentschlossenheit fand er auch nach mehreren Tagen des Haderns keine Einsicht, ob er bleiben oder weiter seines Weges ziehen sollte. Das, was er mit Sicherheit wusste, war, dass er sich erschöpft fühlte. Es verlangte ihm nach Rückzug und Schlaf wie die Pflanzenwelt draußen im Winter. Das nahm er sich dann auch vor: zurückziehen und ruhen. Jedoch spürte er ebenso, wie der innerlich regsame Geist ihn wachhielt. War es in der Natur nicht auch so, dass sie ihre verborgenen Lebenskräfte am stärksten im Winter beanspruchte? Diese beiden konträren Einflüsse, die physische Müdigkeit und die geistige Regsamkeit, brachten ihn zu einem Entschluss, der weniger durchdacht war, sondern eher einer natürlichen Einfügung glich. Er setzte sich in eine bequeme Haltung und konzentrierte sich auf sein inneres Dasein. In dieser Haltung verweilte er für mehrere Stunden. Es unterschied sich im Wesentlichen nicht von dem, was er jeden Morgen tat, nur dass er viel länger ausharrte.

Anfänglich verfiel er in ein Wohlgefühl der Ruhe. Nach kurzer Dauer wurden seine Empfindungen zu klaren Bildern. Er konnte sie nicht deuten und ließ sie als Bilder vorbeiziehen. Bevor die konzentrierte Anstrengung über einen längeren Zeitraum zu mächtig auf sein Gemüt einschlug, beendete er die Meditation. In den nächsten Tagen wiederholte er die Übung, in der die Bilder immer klarer erschienen. Gelegentlich versank er so tief, dass ihn das Gefühl beschlich, sich nicht mehr vollständig im Diesseits zu befinden. Führten die Bilder ihn zu einem andersgearteten Ort?

Ganz aufgenommen von der eigenartigen Bilderwelt, verschwand sein Geist in ihr, um fortwährend Fremdes mit Vertrautem zu vereinen. Zeitlos ungreifbar wandelte sein Intellekt sich in tierische Gestalten. Um welches Tier es sich spezifisch handelte, das sah er nicht, da es ihm an Selbstreflexion fehlte. Im Tierischen verloren, musste er den Zustand überwinden, um erneut zu sich zu finden. Anderenfalls erkrankte er an dieser animalischen Kraft, da sie ihn besetzte. Zu ihrer Überwindung verlangte sie, erst erkannt zu werden.

Durch sein inneres Auge beobachtete er das zurückgebliebene Tier in den folgenden Tagen seiner Versenkung. Es fand Gestalt in einen großen schwarzen Hund mit rauem, zotteligem Haar und hellen Augen. Es umlief Ramon, zugleich besetzte es sein Wesen. Mehr noch: Er ging in dessen Wesenhaftigkeit über. Diese unmittelbare Nähe vereinnahmte. Die Präsenz des Vieches forderte Ramons unmittelbare Aufmerksamkeit heraus. Dadurch ließ es ihm nicht die Möglichkeit, von seiner Angst abzulassen. Die Angst war sein Gefängnis. Er beendete abermals die Meditation, indem er ihren Inhalt bedingungslos annahm.

In den folgenden Tagen erschienen die Bilder recht schnell, sobald er sich in seine Ruhehaltung zurückzog. Sie kamen auf ihn zu, als hätten sie schon lange auf ihre Kundgebung gewartet. Er beobachtete sie und ließ sie vorbeiziehen, ohne eigenen gestalterischen Willen.

Während die Bestie sich von Ramons Angst angezogen fühlte und die Angst ihre magische Verbindung aufrechterhielt, erschien ihm ein weiteres Tier. Durch seine fabelhafte Erscheinung lenkte es Ramons Aufmerksamkeit auf sich und damit ab von der Angst. Obgleich ein Raubtier, wirkte es entzückend. Vielleicht ein Seehund? In seinem perfekt weißen Fell schimmerten alle Farben des Regenbogens. Die herzige Art, mit der das Fabelwesen Ramon anschaute, verführte ihn, es zu ergreifen. Das jedoch erwies sich als unmöglich. So sehr er auch versuchte, es zu erreichen, es blieb ihm fern.

Während das Untier im Dunklen, Unwissenden das von Emotionen geführte Revier verteidigte, gestaltete das Fabeltier Ramons lebhafte Fantasie aus. Weil er die Tiergestalten aber mit demselben Interesse betrachtete, erkannte er in beiden zwei gegensätzliche Aspekte seines Seelenlebens. Wollte er die Angst zum Bluthund überwinden, musste er lernen, seine Fantasien zu manifestieren. Das erforderte, seine passive Opferhaltung in aktive Schöpferkraft zu verwandeln. Für einen schnellstmöglichen Beginn des Verwandlungsprozesses war die Schreinerei eine ausgezeichnete Gelegenheit. Ein Anfang war bereits vollbracht. Er blieb!

Das Frühjahr lieferte nur wenig Arbeit. Dafür hatte Ramon mehr Zeit, um durch nahe liegende Wälder zu wandern, wonach sein Gemütszustand verlangte. Er fand Zeit zum Müßiggang.

Obwohl er die innere Distanz zur Glaubensgemeinschaft aufrechterhielt, warf die Formensprache ihres Gründervaters doch einige Fragen in ihm auf. Mit dieser Fragestellung ließ er die plastischen Formen durch häufiges Betrachten auf sich einwirken. Sie besaßen eine Logik, die ihm nicht abging. Nach mehreren Betrachtungen kam er zu dem Ergebnis, dass die Formen für ihn unverständlich blieben, jedoch seinen Verstand anregten, nämlich darin, Formen verstehen zu wollen. Denn der Begründer dieser Konturen stellte etwas dar, was wie ein Alphabet für Formen anmutete. Nicht Wörter, welche sich zur Poesie erhoben, aber Buchstaben, welche in Begriffen verschwanden.

Wenn er versuchte, in Aufeinanderfolge die einzelnen Formen zu lesen, ergaben sie in ihrer Gesamtheit einen Sinn. Eine einzelne Gestalt für sich, herausgenommen aus dem Gesamtbild, ergab so wenig Sinn, als ob er aus einem einzelnen Buchstaben das Wort hätte verstehen wollen. War vielleicht das Mitteilende der Grund, warum die Ausgestaltung Ramon weniger künstlerisch, sondern mehr belehrend vorkam? Er beließ es dabei, den Charakter der Formen zu akzeptieren, ohne weiter zu hinterfragen. Vielmehr fühlte er sich inspiriert zu eigenen Experimenten, um schlichter Formung durch Gestaltung Ausdruck zu verleihen. Dazu verwendete er Holzreste aus der Werkstatt, die keine Verwendung mehr fanden. Es gefiel ihm, nutzlosen Holzabfall durch seine Fantasie gestalterisch zu verwandeln. Die Bedeutung der Form spielte eine geringe Rolle. Denn es ging ihm nicht um die Vermittlung einer Botschaft, sondern um die bildhafte Sprache an sich. In der künstlerischen Auseinandersetzung das fabelhafte Wesen in ihm zum Ausdruck zu bringen. Eine Vereinigung von Wort und Form. Einem Echo gleich, welches im Raum verhallte. Damit das Unfassbare sich aussprach, ohne Begriff zu werden.

Dem Begrifflichen ließ er lieber in der Bibliothek im Zentralgebäude seinen freien Lauf. Alte Bücher, welche man in gewöhnlichen Regalen kaum vorfand, schmückten dort ganze Wände. Ungestört konnte er während der freien Stunden in einem uferlosen Meer der Literatur untertauchen. Sein Forschergeist stöberte nach Biografien und Historien, die ihn künstlerisch inspirierten. Ramon bekundete in seinem Wissensdrang eine Aufnahmefähigkeit, die ihm selbst fremd anmutete.

Dass er dem regelmäßigen Unterricht in der Kampfkunst folgte, bereicherte ihn in seinem gesamtkünstlerischen Vorhaben. Er beobachtete, wie im Kampf automatisch der Kämpfer mit ihm durchging. Es war der Verfechter seiner Vorstellung, der alles kontrollieren wollte und nichts aus der Hand geben mochte. Der im Eifer des Lebens das Vertrauen zu seinen Mitmenschen schnell aufgab und dadurch alles im Alleingang erreichen musste. Hier lernte Ramon durch den Weg der martialischen Kunst, den Kämpfer zur Ruhe zu bringen. Die größte Herausforderung bestand darin, in der Anstrengung die Ruhe zu bewahren. Dies war der unerschrockene Weg eines Kriegers.

Somit unterschied er zwischen zwei grundlegenden künstlerischen Wegen. Zum einen die energische Kunst – durch Bewegung. Dem entgegengestellt die musische Kunst – durch Bildhaftigkeit. Beide übereinstimmend ebenso wie differenziert. Einvernehmlich wirkten sie durch die Form über die Sinne auf das Gemüt ein. Das Unterschiedliche bestand darin, *wie* die verschiedenen Künste das Gemüt beeinflussten.

Das Phänomen der Kunst – welcher Art auch immer – offenbarte sich durch die Sinne den drei Raumes-Richtungen entsprechend, gleich dem Zusammenspiel, wie Rhythmus, Harmonie und Dynamik eine Stimmung bildeten. Im Auf und Ab, Hin und Her, Vor und Zurück, immer nach der Mitte trachtend, zwischen Verinnerlichung und Veräußerlichung drückte sich die Stimmung im Gemüt aus, wobei der künstlerische Prozess den Charakter prägte.

In der energischen Kunst galt der menschliche Leib als das künstlerische Medium. Fähigkeit und Vitalität fanden durch geschulte Körperbewegung zur schöpferischen Aussagekraft. Tatkräftig wirkte physische Straffung als Anspannung auf das Gemüt ein. Eine gewisse Härte, gegebenenfalls sogar Rohheit in der Regung begünstigt ihre Dynamik. Grobstofflich in seiner Beschaffenheit, doch stark im Ausdruck, beförderte der dynamische Wille das Gemüt zur Standhaftigkeit sowie Entschlusskraft. Ausgezeichnete Eigenschaften, um einen starken Charakter zu bilden.

Die musische Kunst hingegen bediente sich eines Fremdkörpers als Medium. Vermittelst des Schönen wirkte das harmonische Kunstwerk als ein Gegenüber auf das Gemüt. Eine gewisse Verschmelzung im Kunstgenuss mit dem Schönen begünstigte das Harmonieempfinden, in welchem sich das Gemüt entspannte. Derweil das Gegenüber den Verstand dazu bemächtigte, es zu begreifen. Doch das Feingeistige in der Form blieb unbegreifbar, während im künstlerischen Prozess die Wahrnehmung sensibilisiert wurde für das Augenfällige. In dieser Empfänglichkeit konnte das unaussprechbar Vorhandene inspirieren. Ließ er die Inspiration durch ein Medium erklingen, führt sie zur Intuition. Intuitiv mochte sich daraus die Imagination offenbaren. Im Imaginativen wurde die Fantasie bildhaft, fast greifbar. Dort fand Ramon sich in seinen Vorstellungen bestätigt. Diese Gewissheit hatte allerdings den hohen Preis des Verlusts der Standhaftigkeit. Künstler der Muse zeichneten sich für gewöhnlich durch eine hohe Geistigkeit aus, aber als verweichlichte unentschlossene Naturen.

Während Ramon hier die Begrenztheit seiner körperlichen Möglichkeiten erweiterte, brach er dort die Einschränkung seines Verstandes. Im Wechselspiel zwischen Tatendrang und Vorstellungsvermögen entwickelte sich seine Wahrnehmung inmitten von Präsenz und Imagination. In diesem unaufhörlichen Ausdehnen und Zusammenziehen seiner Seele spiegelt sich sein Charakter wider.

Mit zunehmender künstlerischer Tätigkeit nahm er seine Traumwelt mehr wahr als zuvor. Er schaute auf seine Träume, als wären sie ein gemaltes Kunstwerk. Die absonderlichen Traumbilder vermittelten ihm einen visionären Einblick auf das, was einzutreten verlangte. Mal verheißungsvoll zukunftsträchtig, dann wieder abgründig rückführend. Bestenfalls gliederten sich die aneinandergereihten Bilder in ihren tieferen oder höheren Sinn. In geordneter Abfolge suchte die Traumwelt eine Verbindung zur realen Welt zu schaffen. Beim Wechsel zwischen geistiger An- und Abwesenheit blieben deren jeweilige Tore zum Einschlafen und Aufwachen dem Fantasten unverschlossen. Das forderte seinen Schöpfergeist, zwischen herausragenden und gewöhnlichen Träumen zu unterscheiden. Während Letzteres der Zerstreuung diente, fand er in Ersterem Vernunft vor. Vernünftige Träume gliederten Gedanken, während der gewöhnliche Traum andeutungsweise Merkmale des krankhaften Mangels der Vernunft schilderte.

Beim Beschreiten des transparenten Weltgebäudes verließ er den gesicherten Boden. Je weiter er fortschritt, desto tiefer drang er in sein Innerstes ein. Tief im Abgrund blieb der eigene Geist verborgen. Nach innen ging der geheimnisvolle Weg.

Das All träumte sich im Träumenden ein wie die Ewigkeit in Vergangenheit und Zukunft. Eine Außenwelt wurde zum Schattenreich, welches durch seine Dunkelheit das Lichtreich unterwarf. Im finsteren Tal schien die Seele einsam und gestaltlos. Doch rückte im Traum die Verfinsterung hinweg, welch Genuss widerfuhr ihm durch das, was sein Geist im Wachen entbehren musste.

In der Auseinandersetzung damit, bildhafter Sprache Gestalt zu verleihen, offenbarte die innere Welt in ihrer Gesamtheit letztendlich das Gemüt, unabhängig davon, welches Mediums er sich bediente. Bewegung, Klang, Farbe, Gestalt – jegliche Substanz fragte nach äußerer Offenbarung jenes inneren Kraftreichs. Wie die Musik sich zum Ton verhielt oder die Sprache zum Wort, so drängte die Plastik zur Gestaltung der äußeren Welt. Besonders in der schlichten Darstellung fand das Gemüt sich in das mannigfaltige Spiel der Bewegung versetzt. Das Wahrnehmungsvermögen drängte – wie verzaubert, gleich dem mystischen Sinn –, die Welt zu erfassen, in der das Undarstellbare fühlbar sichtlich ergriff. Die Kunst ließ das Verborgene deutlich hervortreten. Selbst das Unfühlbare wechselte zur zitternden Empfindsamkeit.

Welches der Werke dem Künstlerischen gerecht wurde, konnte die Vernunft nur als ein Unding in Betracht ziehen. Es blieb die Entscheidung des Einzelnen, ob es ihn ansprach oder es schwieg. Kritik an der Ausdrucksform verwarf er. Das Unaussprechliche verführte zur Kreativität, da es nach einer Form verlangte. Wahrhaft der Sinne beraubt, fand er alles in sich vor. Das Gemüt wurde zur Welt, in der das Schöne nach Ewigkeit verlangte. Das Vermögen, Unsichtbares durch die Form sichtbar zu machen, weckte seinen Sehsinn, um in dem hinfällig Vorhandenen die zukünftige Gestalt zu erblicken.

In dieser Haltung wählte Ramon die Materialien aus. Vereinigte sie, trennte wieder auf. Ordnete neu an. Komponierte mit Holz, bis es in ihm nachhaltig erklang. Warum er sich eben so entschied und nicht abweichend, das war ihm unverständlich. Der innere Umstand seiner Selbstzufriedenheit hing somit nicht von seinen äußeren Umständen ab. Er fragte nicht weiter nach dem Grund des Wohlbefindens und zog es vor, an einer neuen Art der Personifikation zu arbeiten.

Ganz und gar wünschte er abzutauchen, gäbe es nicht eine Arbeitswelt, deren Dynamik den Lebensrhythmus vorschrieb. Fort trug ihn der Weltenstrom, dessen Wellen der Anerkennung als eine stützende Kraft halfen. Doch dieser Strom ebbte ab, sobald er Mangel an Kreativität erlitt. Seine Arbeit war nicht übel, doch mit ihr lebte er in zwei Reichen, die sich nicht vereinen ließen: das eine vom unstillbaren Drang beherrscht, das Unmögliche, Unzugängliche, Unbekannte anzustreben, das andere, in dem der Verstand die Macht besaß, um durch sein geschaffenes Konstrukt die Welt zu beherrschen. Hantierte er in der einen als der Baumeister seiner Gedankenschlösser, verweilte er in der anderen befangen durch eine vorherrschende Weltanschauung, deren intelligentes Netzwerk jeden Winkel umspannte. Des Netzes Maschen verdichteten sich unaufhörlich, um nichts unerkannt hindurchzulassen. Doch dem Freigeist ließ es nicht die notwendige Luft zum Atmen.

Das Alltagsleben eines Arbeiters, der er in Person nicht zu sein schien, holte ihn durch die körperlich schwere Belastung immer wieder zurück von seinen Schlössern und ließ ihn den Staub der Tätigkeit schmecken. Zwischen diesen zwei Reichen herrschte eine zunehmende Spannung. Eines der Spannungsfelder beschrieb die Sicherheit, durch die alles tot und grau wurde. Im anderen wuchs die Unsicherheit, welche aber den Nektar besaß, seinen Durst zu stillen. Diese Spannung wurde so immens, dass Ramon vor der Zerreißprobe stand. Dem Zustand des Zerreißens zuvorkommend, entschied er sich für einen Weg. Seinen Weg! Also lief er los.

Teil 3
Die Feuerprobe

Diese menschliche Herrschaft übt er aus in der
Kunst des Scheins, und je strenger er hier das
Mein und Dein von einander sondert,
je sorgfältiger er die Gestalt von dem Wesen trennt,
und je mehr Selbstständigkeit er
derselben zu geben weiß,
desto mehr wird er nicht bloß
das Reich der Schönheit erweitern,
sondern selbst die Grenzen der Wahrheit bewahren;
denn er kann den Schein nicht
von der Wirklichkeit reinigen,
ohne zugleich die Wirklichkeit
von dem Schein frey zu machen.

F. Schiller / Ästhetischer Brief Nr. 26

Die Galerie

Es fiel ihm nicht schwer, den alten Kauz zu finden. Er saß in seiner Hütte und brühte Kaffee auf. Unaufgefordert bot er Ramon eine Tasse an. Sogleich verfiel er in einen Redeschwall, als ob er ihn lang erwartet hätte. Oder als wäre er gar nicht fortgewesen. Ramon machte es sich bequem in der kleinen Hütte, die vom Kaminfeuer aufgewärmt wurde, während draußen der kalte Wind tobte. Der Duft frisch gemahlener Kaffeebohnen aromatisierte den Raum. An der Feuerstelle ruhend, hörte er zu, wie Alfredo ihm vom Weltgeschehen berichtete, als würde er mittendrin stehen. Ramon musste sich wieder fragen, warum ein Blinder in einer abgelegenen Waldhütte mehr sah als der Weltgewandte.

Noch bevor er Alfredo auf den Grund seines Besuchs ansprach, den er selbst nicht kannte, kam ihm der Alte zuvor. Er redete davon, wie der Mensch dadurch mit der Erde kommunizierte, dass er sie betrat. So blieb er in der Lage, ihre Beständigkeit mit den Füßen aufzunehmen und sich beim Ablaufen von ihr inspirieren zu lassen. Nicht indem der Mensch vom Kopf aus der Erde sein beschränktes Wissen einstampfe.

Nur wenige Menschen spendeten der Erde ihren Verdienst, indem sie die Erdoberfläche bearbeiteten. Gestalt verliehen. Geringfügig verblasste für den Erdbewohner die Notwendigkeit dieser Kommunikation. Denn nicht auf die Individuen komme es an, welche mit ihr kommunizierten. Weshalb es nicht wesentlich sei, welches Einzelwesen sich gerade wo befand. Wichtig bleibe hingegen der Zustand, in dem die Person sich mitteilte. Wenn der notwendige Zustand noch nicht erreicht war, müsse man durchhalten. Nicht um zu dulden, sondern um zu reifen. Askese oder Völlerei verbesserte ein Ausharren keineswegs. Einzig auf das passende Maß kam es an. Schließlich musste auch die Reife vergehen. Auf Reife folgte Loslösung. Die bedeutungsvolle Wende. Verpasste man diesen erlösenden Zeitpunkt, folgten Starre und Übel. Setzte man den Wendepunkt zu früh an, wiederholte sich das zu Erduldende erneut. Nur wer den reifen Zustand erkannte, entschied über den rechten Augenblick der Wende.

Das wirkte einerseits sehr einleuchtend auf Ramon. Andererseits verstand er gar nichts vom Vortrag des Blinden. So verlief das Gespräch über Stunden, bis Ramon vom Zuhören eindöste. Auf den Decken neben dem Herd spürte er noch, wie seine müden Gliedmaßen ausbreitend der Schwerfälligkeit nachgaben. Im Vorgang des nächtlichen Dahinschwindens verdunkelte sich die gemütliche Hütte zu einer großen, finsteren Krypta. Das erloschene Feuer im Herd loderte lediglich in der schwindenden Erinnerung. Bevor er seiner Wahrnehmungsfähigkeit gänzlich beraubt wurde, empfingen seine Nasenflügel neben dem Geruch von Asche einen zarten Hauch des verbliebenen Kaffeearomas.

Während des Schlafes durchwanderte Ramon ein Gedankenschloss. Den Korridor hindurchziehend, erkannte er es als seine Heimstätte. Einige Räumlichkeiten erschienen vertraut, andere noch unerschlossen. Der Festigkeit irdischer Bauweise zum Trotz war die vorherrschende Substanz im Traum Farbe. Des Raumes Weiten waren mit allen Farben durchzogen. Bunt ineinander webend, zugleich auflösend. Jede einzelne Farbe erschien lebendig, wesenhaft und durchdringend. Am stärksten beeindruckte das tiefe Indigoblau. Ramon fühlte sich unglaublich belebt und verzückt in der Farbpracht. Jegliche Nuance wirkte unmittelbar auf ihn ein. Jeden Raum erschloss er als Lebensraum. Jeder Gang war ein Fluss der Verbindung. Er ließ sich gleiten in dieser unaufhörlichen Lebendigkeit, bis er ein Lachen vernahm. Das Lachen einer Frau. Sobald das Lachen durch alle Wände strömte, spürte er ein unwiderstehliches Verlangen nach dieser Frau, das Begehr der Genugtuung, ihren Körper an den seinen zu drücken.

Ungestillte Lust durchzog sein Wesen. Es schmerzte ihn, seinen Wunsch nicht erfüllt zu sehen. Dieser Schmerz, der ihn wie ein Blitz durchfuhr, versperrte ihm den weiteren Durchgang. Blitzartig herausbefördert, in eine andere Dimension katapultiert, erleuchtete ihn reinstes Gold. Dieses Gold war der lebendig leere Raum. Reinster Äther, Funke der Glückseligkeit. Eine Farbe von solcher Intensität, dass selbst reinstes hochkarätiges Gold lediglich als schwacher Abglanz dahinschied.

In einer endlosen Geschwindigkeit, die dem Stillstand glich, glitt er immer höher, wenn man in leeren Räumen von Höhe sprechen kann. Als er den äußersten Punkt, den es auch nicht zu geben schien, erreichte, spürte er reges Erwachen. Der davongeträumte Seelenwanderer, dessen Geist weiterhin traumversunken entrückt, hörte Alfredos Stimme in einer fremden Sprache rufen: „Geh mit Gott!" Gegenwärtig die Worte vernehmend, wusste er um ihren Inhalt. Beim Erwachen wollte er des Inhalts Fülle für den erweckten Zustand aufrechterhalten. Er öffnete seine Augen. Leere! Gedankenlos fortgezogen, hinein ins neue Ereignis. Während die Fülle im hohen Reich heimisch verweilte, füllte die Vergesslichkeit das untere. Was war es noch, was seine Erinnerung versteckte? Behielt er etwas zurück? Alles schwand, um sich neu zu ordnen. Orientierung suchend, blinzelte er der Sonne entgegen. Sein Rücken, durch die harte Unterlage bedrückt, forderte ihn auf, aufzustehen. Während er sich in der Aufrechten zurechtfand, weidete sich sein Blick an einer Endlosigkeit von – Beton.

Lächerlich winkend kam der Fremde auf Ramon zu. Obwohl schon älteren Jahrgangs, besaß der Gebärdende sehr glatte Gesichtszüge. Seine hellbraune Hautfarbe passte zum glänzenden Aussehen. Die vielen anderen Menschen, welche vorbeieilten, zeigten sich in allen Hautfarben von hell bis dunkel. Ramons Blick schweifte umher, bis die Stimme des Mannes ihn wieder zurückrief. Mit einem befremdlichen Lächeln schwallte er auf Ramon ein, den Weg weisend. Es bedurfte eines Weilchens, bis Ramon einwilligte, da für ihn die ansässige Landessprache undeutlich klang. Streng genommen verstand er nicht das Geringste. Doch die Aufforderung, zu folgen, konnte er ausmachen. Also folgte er, wenn auch mit Unbehagen, dem Ereignis entgegen.

Sie durchquerten eine Stadt, übersät mit Gebäuden aller Größen, in denen es von Menschen wimmelte. Sein Begleiter bemerkte Ramons Staunen über das Ausmaß der Metropole und versuchte, mit wildem Gestikulieren und äußerster Begeisterung die Einzigartigkeit dieses Ortes zu erörtern. Kein Verständnis für seine Worte, noch weniger eine Besonderheit ausfindig machend, wurde Ramons Geduld gefordert.

Hoffnungslosigkeit bedrückte den Augenschein, in dem sein Blick nichts fand, was harmonisch erschien. Straßen und Häuser, alles ging in einer grauen Zweckgebundenheit von Beton nahtlos ineinander über. Die Durchquerung schien endlos, wie die erdrückende Langeweile, die sich ihm darbot. Währenddessen gestikulierte sein Begleiter wild, notgedrungen in unbeholfener Zeichensprache, dass sie sich hoch oben in den Bergen befanden. Sehr hoch! Vor allem sehr weit entfernt von jeglichem Geschehen außerhalb dieser Stadt. Leichter Schwindel mahnte den Ankömmling. Doch die Höhe nahm er in dieser Endlosigkeit aus Beton, zwischen Lärm und Gestank der hervorströmenden Menschenmassen, nicht wahr. Er fühlte sich wie in einer riesigen Betonwüste, die in Wahrheit nur das Ausmaß eines wuselnden Ameisenhaufens darstellte.

Schließlich hielten sie an einer der riesigen unattraktiven Betonmassive an. Im untersten Abteil eines dieser abscheulichen Giganten befand sich tatsächlich eine Kunstgalerie, zu deren Besichtigung der Eigentümer, sein Begleiter, einlud. Mit vielen Schlüsseln wurde die Eingangstür geöffnet und sie traten ein.

Trotz makellos weiß gestrichener Innenwände wirkte der Raum beengend, die niedrige Decke erdrückend. Vielleicht wegen des Gewichts, das in Form von schrecklich vielen Etagen von oben lastete?

Die Bilder in der Galerie waren technisch geschickt, doch für Ramon vom Inhalt nichtssagend und fantasielos. Es gab auch einige Kunstobjekte, die im Raum unbeholfen dastanden. Sie präsentierten einen Ausdruck reinster Willkür. Das, was den Raum in seiner Gesamtstimmung komplett erscheinen ließ, war sein Begleiter – der Galerist. Sein absonderliches Lächeln wurde hier arrogant und überheblich. In seinem aufgeblasenen schwarzen Anzug vertrat er die Atmosphäre der Galerie: kalt und düster. Ein übermäßiger Stolz lag in seiner unbeholfenen Körperhaltung. Wenn er redete, gestikulierte er stark. Als vermochte er so, an Größe zu gewinnen. Mitunter überschlug er sich förmlich dabei.

Hinter einer unauffälligen Tür ging es weiter in einen Lagerraum, der mit Bildern überfüllt war. Im hintersten Eck des Lagers stand ein kleiner Schreibtisch, überhäuft mit Papieren, die ordentlich gestapelte Türme bildeten, hinter denen man bei der Arbeit halbverborgen ausharren mochte. Es gab noch einen weiteren Raum, dessen Zugang sich zwischen den gelagerten Bildern verbarg, bei verschlossener Tür kaum ausfindig zu machen. Es musste sich um den Privatraum des Galeristen handeln, da er einige Möbel samt Schlafstätte beinhaltete. Durch die geöffnete Tür spähte Ramon in den fensterlosen Raum. Zwei Skulpturen hielten seinen Blick magisch gefangen. Ein gedrungener Schrein stand zwischen den Skulpturen. Hypnotisierend zogen sie den Betrachter in ihren Bann. Ramon starrte in das giraffenähnliche Gaffen der Skulpturen, die überlange Gliedmaßen und gestreckt verzogene Hälse hatten. Ihr unwürdig wurmhaftes Dasein empfand der Starrende zu grotesk, als dass sie einen Schrein besetzen durften. Ramon fragte sich, in welche Gottlosigkeit er hineingelangt war.

Als der Galerist bemerkte, dass die Tür zu seinem Raum offen stand, verriegelte er ihn augenblicklich. Die Tür verschwand unauffällig in der Wand. Prahlerisch blieb der Galerist vor ihm. Es folgte ein kurzes unverständliches Intermezzo für Ramon, danach befanden die beiden sich auch schon wieder auf den unübersichtlichen Straßen der Stadt. Im Kreuz und Quer der Bahnen verlor Ramon jegliche Orientierung. Wenigstens sichtete er auf ihrem weiteren Weg eine Grenze, an der die Betonwüste in einen Wald mündete. Es fühlte sich beruhigend an, in dieser Einöde aus Beton das lebendige Grün wenigstens in der Ferne zu gewahren.

Irgendwo Richtung Waldrand hielten sie bei einem Haus an. Eine alte Frau öffnete ihnen die Tür und bat sie, einzutreten. Der Galerist stellte sie als seine Mutter vor, was nicht glaubwürdig erschien. Jedenfalls bekam Ramon in ihrer Wohnung ein Zimmer zugeteilt, das alle Gegenstände beinhaltete, welche eine Unterkunft benötigte. Doch es fehlte an Traulichkeit. Das Mobiliar war der reinen Zufälligkeit unterworfen. Nichts passte zusammen. So wie die Menschen, die hier im Raum zusammengewürfelt standen und unterschiedlicher nicht sein konnten.

Damit verabschiedete sich der Galerist sehr schnell, um Ramon nach der Anreise ruhen zu lassen. Als er sich allein zurückgelassen im Zimmer vorfand, stellte er fest, dass ihm wenigstens die harte Matratze als bequem erschien, sodass er zügig einschlief.

Etwas erholt, wollte Ramon am nächsten Morgen nach einem Ort zum Frühstücken Ausschau halten. Doch die alte Frau machte ihm mit einigen Gesten klar, dass schon jemand wartete, um ihn zur Galerie zu begleiten. So wurde er von einem stummen Begleiter wieder zur Galerie geführt. Den langen Weg durch die Stadt nutzte Ramon zur Orientierung.

Endlich im Salon angekommen, wurde ihm verständlich gemacht, noch etwas Geduld für den Galeristen aufzubringen. Von ihm würde er nachfolgend wesentliche Instruktionen für den weiteren Verlauf seines Aufenthalts empfangen. Noch unabkömmlich, verschanzte sich der Galerist ganz wichtig hinter seinen Papiertürmen am Schreibtisch. Somit maß Ramon in Schritten den Ausstellungsraum ab, um der Eintönigkeit entgegenzuwirken.

Nach ausgiebig ausgedehnter Verzögerung erschien er Ramon gegenüber widerlich aufschneidend, eine Entschuldigung ob Ramons Wartens nicht als nötig empfindend. Stattdessen schauspielerte er sehr geschäftig in seinen enorm aufgeblasenen Gesten. Somit wurde verständlich dargestellt, wer sich in wessen Bereich befand und wer der Chef der Lage war – und wer nicht. Ansonsten schien sich nicht viel Vermögen hinter seinen Aussagen zu verhüllen. Was jedoch mit wenig unverständlichen Worten, dafür mit vielen verständlichen Gebärden klar wurde, war, dass es sich hier um eine äußerst gefährliche Gegend handelte. Nur mit größter Vorsicht dürfe ein Fremder sich am helllichten Tag in den gesicherten Bereichen der Stadt aufhalten. Kontakt mit Unbekannten war unschicklich, da Betrug und Gewalt an jeder Ecke lauerten. Bekanntschaften galt es tunlichst auf den Kreis der Galerie zu beschränken, da diese ein Refugium der Sicherheit darstellte. Mit den hauseigenen Künstlern würde er rechtzeitig bekannt werden.

Um dem Gesagten Nachdruck zu verleihen, erkundigte der Vortragende sich, ob Ramon alles recht verstanden hatte. Gleichwohl Ramons Schatz der Landessprache unzureichend war, hatte er den wichtigsten Inhalt der Botschaft wohl vernommen. Da seine Gebärdensprache nicht die ausgeprägte Vehemenz aufwies wie die des Galeristen, war es ihm unmöglich, Weiteres nachzufragen. Wozu auch? Fürs Erste besaß er ausreichend Informationen. Dass Vorsicht geboten war, spürte er in allen Poren.

Was ihn allerdings bis zur Verzweiflung ärgerte, war, dass er auch in seiner eigenen Sprache nicht wusste, wie die richtige Frage zu stellen gewesen wäre.

Um sich ein besseres Bild der gegenwärtigen Lage zu verschaffen, erkundete Ramon in den folgenden Tagen die Betonwüste. Dabei fiel es ihm nicht besonders schwer, geografische Orientierung zu erlangen, denn alles verlief in quadratischen Mustern, wie auf einem Schachbrett angeordnet. In der Stadt wurde man in Längen und Breiten fündig – wenn man wusste, was man suchte. Sein Problem blieb vielmehr, dass er generell nie das fand, was er suchte. Aber was verfolgte er eigentlich?

Nichts wissend, irrte er kontinuierlich durch das endlose Netz von Straßen. Das Nicht-ausfindig-Machen eines Ruheortes trieb ihn rastlos umher. Sein kleines unsortiertes Schlafgemach machte jeglichen längeren Aufenthalt nach dem Aufwachen unmöglich. Es war nicht nur ungemütlich, sondern auch durch Straßenverkehr ohrenbetäubend laut. Wenn die Sonne ihn schon in den frühen Morgenstunden weckte, weil es an Vorhängen mangelte und durch das dünne Fensterglas der Lärm hereinschallte, verließ Ramon das Schlupfloch, um in der Betonwüste sein Glück zu suchen. Dort sah er sich immer wieder aufs Neue dem heillosen Durcheinander des städtischen Treibens ausgesetzt, sodass er nach kürzester Zeit seine Konzentration verlor. Nach jedem Sonnenaufgang erneut in seinen Alltag irrend, unwissend, was er an diesem Ort verloren hatte. Bei Sonnenuntergang kehrte er zurück und fiel erschöpft auf seiner Matratze in einen unruhigen Schlaf.

Mit auferlegten Besuchen in der Galerie begann er seine tägliche Flucht ins Leere. Da es Ramon in diesen sinnlosen Zusammenkünften an Worten mangelte, um sich zu äußern, fielen sie kurz angebunden aus. Ganz im Gegensatz zu den langen Wartezeiten, die diesen vorangingen, bis die Hoheit des Salons für eine Geringfügigkeit wie Ramon Zeit aufbringen mochte. Die belanglose Zeit der Unterredung wusste der Galerist zu nutzen, um sich wichtig hervorzuheben und seine Selbstüberzeugung endlos zu steigern. Diese

„Konsultationen" ließen Ramon völlig ausgezehrt und minderwertig dastehen. So verweilte er im Empfangszimmer der Hoffnungslosigkeit, in dem das Warten ihm gleich jegliche Zuversicht raubte, die er für den weiteren Tag benötigte.

Doch dann tat sich eines Tages eine Tür auf, hinter der Zuversicht hervorlugte. Bei einem von Ramons täglichen Pflichtbesuchen stellte der Galerist ihn einem Kunstsammler vor, der gelegentlich Objekte in der Galerie erstand. Aus Mangel an empfehlenswerten Kunstgegenständen fragte er Ramon, ob er sich vorstellen könne, Skulpturen für die Galerie anzufertigen. Ihm schwebe etwas vor, was grob in Holz durch Spontaneität zum Ausdruck gelangte. Geeignetes Material für das Unterfangen würde er im angrenzenden Wald vorfinden. Ramon gefiel das Angebot. Vor allem der Vorschlag, im Wald nach Holz zu suchen. Selbstständig war es ihm bisher unmöglich gewesen, einen Zugang ins Grüne zu finden. Nun sollte er Hilfe bekommen, jedoch weniger, um sich dort aufzuhalten, sondern vielmehr, um einer neuen Aufgabe entgegenzugehen.

Als er am nächsten Morgen am vereinbarten Treffpunkt erschien, war er höchst erstaunt: Eine junge, gut aussehende Frau – wie es hier auffällig viele gab – stellte sich ihm vor. Sie war vom Kunstsammler gebeten worden, Ramon bei der Holzsuche behilflich zu sein. Obwohl sie als Malerin nichts von geeignetem Holz für Skulpturen verstand, kannte sie sich bestens im Wald aus. Es war ihr Ort der Inspiration. Ganz im Gegensatz zu dieser Natur bemalte sie Wände in der Betonwüste. Von denen gab es nun mal zur Genüge. Außerdem bevorzugte sie freie künstlerische Tätigkeit. Mit einer Galerie wollte sie kein einvernehmliches Abkommen unterzeichnen. Ramon konnte nicht umhin, ihre Eigenständigkeit zu bewundern.

Bald erreichten die beiden den Waldrand, wo ein kleines Tor Zugang ins Grüne gewährte. Den grau betonierten Alltag hinter sich lassend, traten sie ein. Ramon genoss unmittelbar die Ruhe inmitten der Bäume. Auch wenn sie keine geeigneten Hölzer fanden, war es der unbeschwerliche Wanderweg durch die Natur, an dem sie sich gemeinsam erfreuten. Über einen Umweg, der nicht lang genug sein konnte, hielten sie weiterhin die Augen offen, doch noch Hölzer vorzufinden. Dies geschah jedoch nicht. Es schien auch nicht mehr wichtig.

Nach ausgiebiger Wegstrecke wandelte sich die anfänglich schüchterne Zuwendung in eine entspannte Vertrautheit. Unbedenklich seiner Begleiterin folgend, passierten sie unerwartet ein kleines Dorf. Auf dem Marktplatz, wo es geschäftig zuging, legten sie eine Rast ein. Während sie an einem Rost Gegrilltes zu essen bestellten, entdeckte die Ortskundige im Brennholzlager einige Baumstümpfe, von Wuchs in recht eigentümlicher Ausprägung. Also wurde nach der Mahlzeit ein entsprechender Transport veranlasst, um drei ausgesuchte Baumstümpfe zur Galerie zu befördern. Glücklich über ihr gelungenes Vorhaben kehrten sie um. Tag und Tat führten Ramon mit Zuversicht zur neuen Aufgabe.

Am nächsten Tag – Ramon erschien wie gehabt in der Galerie – trat ihm der aufgebrachte Galerist – ohne Wartezeit – entgegen. Seine Empörung galt dem schmutzigen Holz in seinem stubenreinen Ausstellungsraum. Ramon entschuldigte sich. Gleichzeitig fragte er, ob nicht alles vortrefflich vonstattenging. Hatte er nicht Holz für die Galerie besorgen sollen? Welches Spiel wurde hier gespielt? Es war der Zeitpunkt erreicht, genaustens zu untersuchen, wo der Spielball im Spielfeld abirrte. Wähnte er sich eigenständig, wo längst das Netz der Verstrickung ihn festzurrte?

Verwirrt in seiner Fragestellung beabsichtigte er, die Galerie zu verlassen. Was ihn davon abhielt, war die Erscheinung einer Frau mit zunehmend stärkerer Anziehung. Sie betrat selbstbewusst den Ausstellungsraum, in dem sich bereits einige Gäste befanden. Ihrer auffälligen Erscheinung wohl bewusst, empfing sie schließlich der Galerist mit überschwänglicher Selbstgefälligkeit, welche ihm zu eigen war. In ihrem Gespräch beobachtete Ramon, dass sie miteinander befreundet sein mussten. Beim genaueren Hinschauen befand er, dass der Galerist ihr, neben Gefallen, gleichfalls Unbehagen bereitete. Das wiederum weckte Ramons Interesse. Ihre Unterhaltung machte den Eindruck, als ob sich Jäger und Gejagtes belauerten.

Nach einiger Zeit langweilte der Ort ihn erneut. Als er im Begriff war, zu gehen, hielt der Galerist ihn auf, um die Freundin vorzustellen. Zu Ramons Erstaunen sprach sie ihn in *seiner* Sprache an. Es erfreute ihn die Verständlichkeit. Wieder vollständig begreifend zuzuhören, machte ihn dermaßen verdutzt, dass er vorerst kein Wort herausbrachte. Doch durch die zuvorkommende Art in ihrem charmanten Auftreten kam eine freundliche Unterhaltung zustande. Da die Freundin mehr Interesse zeigte, sich mit Ramon anstatt des Galeristen zu unterhalten, fühlte dieser sich unbeholfen. Das veranlasste ihn, die beiden sogleich verärgert zu verlassen.

Während des Gesprächs stellte sich heraus, dass ihr Mann, von dem sie getrennt lebte, der Kunstsammler war, für den Ramon zuvor das Holz im Wald besorgt hatte. Dieser befand sich aber schon wieder anderweitig auf der Suche nach Kunstobjekten. Neuen Eingebungen folgend, hatte er bereits die Ausgangsidee mit der Galerie verworfen. Die Unverantwortlichkeit seiner Vorgehensweise wunderte sie keineswegs. Nur zu gut wusste sie von der Unverbindlichkeit in seiner Spontaneität. Nichtsdestotrotz pflegte sie weiterhin ein freundliches Verhältnis zu ihm – auf Distanz.

Welche Art von Freundschaft sie zum Galeristen hegte, blieb im Gespräch bedeckt. Eine starke emotionale Bindung ließ sich nicht verbergen, möglicherweise auch eine geschäftliche. Von großer gegenseitiger Zuneigung konnte nicht die Rede sein. Für gänzliche

Abneigung hingegen hatten sie ein zu freundliches Miteinander. Ihr Verhältnis machte den Anschein einer emotionalen Abhängigkeit zwischen zwei Rivalen. Miteinander konnten sie nicht, ohneeinander auch nicht. Im Gemeinsamen musste einer den anderen erleiden. Ohneeinander fehlte der Ansporn weiterer Zielsetzung.

Sobald Ramon das Gespräch in Richtung Galerie lenkte, verfinsterte sich ihr Blick, doch ihre Worte wurden schwelgerisch wie die des Galeristen. Doch ihr, im Gegensatz zu ihm, stand die Arroganz nicht. In der weiteren Unterhaltung bestätigte sich Ramons Vermutung, dass unter den beiden eine stärkere Verbindung als nur die Kunst herrschte. Sie wussten um ihre eigenen Empfindlichkeiten. Noch mehr um die des anderen. Das wiederum wussten sie für sich zu nutzen. Anders konnte er das vorgespielte Betragen der beiden zueinander nicht erklären. Ebenso hatte er genug Zeit verbracht, das Verhalten des Galeristen gegenüber seinen Mitmenschen zu beobachten. Und das war ausschließlich zweckgebunden. Alles und jeder stellte ein Mittel für seinen Zweck dar. Wie Ramons Aufenthalt des Galeristen Absicht diente, welches Mittel er für seine Zwecke darstellte, das musste er noch genauestens herausfinden.

Von der Ursprungsidee ihres Ex-Mannes, die bereits wieder verworfen war, gefiel es ihr, das Vorhaben weiterzupflegen. Da sie nur eine Tagesreise von der Betonwüste entfernt lebte, nutzte sie die Durchreise, um einen kurzen Besuch in der Galerie abzuhalten. Schon seit Längerem hegte sie die Absicht, eine Skulptur für sich zu erwerben. So bezweckte sie mit ihrem Erscheinen, das überlegte Projekt fortzusetzen. Der Galerist solle für Ramon einen Arbeitsraum bereitstellen, damit der dort einen der drei Baumstämme für sie verarbeiten konnte. Aus den beiden verbliebenen Hölzern könne er nachträglich Ausstellungsexponate für die Galerie herstellen.

Ramon befürwortete ihr Vorhaben, da er dringend eine sinnvolle Aufgabe brauchte. Der Galerist seinerseits schäumte über vor

Freundlichkeit. Begeistert von dem hervorragenden Vorschlag gestikulierte er wild und beteuerte, dass er sich höchstpersönlich um alles kümmern würde. Schlussendlich gäbe es keinen Besseren für dieses Anliegen als ihn selbst. Bei dieser Aussage fiel er beinahe hintenüber, mitgerissen vom eigenen überbordenden Schwelgen.

Damit war unter den dreien alles einstimmig geklärt. Äußerst zufrieden verabschiedete sich die Freundin von ihnen. Doch kaum war sie außer Sichtweite, da ging das überschwängliche Lächeln des Galeristen wieder in seine höhnische Miene über. Ohne ein Wort verschwand er im Lagerraum hinter dem Sekretär samt Papiertürmen. Für Ramon hieß das, im Labyrinth der Betonwüste unterzutauchen.

In den darauffolgenden Tagen wurde Ramon vom Galeristen ständig zu belanglosen Kunstevents in die Betonwüste geschickt. Sehenswertes gab es dort, wie sonst überall, nicht. Wenn er am nächsten Morgen wieder in der Galerie erschien und um einen Arbeitsraum bat, gestikulierte der Galerist nur wild und vertröstete Ramon auf den nächsten Tag. An dem musste er, wie gewohnt, Stunden auf eine Audienz mit seiner Herrlichkeit warten, um wieder fortgeschickt zu werden in die Bedeutungslosigkeit. Das ganze Spiel wurde ihm nach einer Weile zu stumpfsinnig und er mied die Galerie. Man überließ Ramon sich selbst und das war ihm recht. Die Besuche in der Galerie riefen ein zutiefst unwohles Gefühl in ihm hervor.

Für ihn gab es lediglich die Straßen, durch die er herumirrte, um grauen Beton anzuglotzen. Als er den Wald aufsuchte, fand er das Tor verriegelt vor. Die Malerin war unabkömmlich, weit entfernt im Betonlabyrinth mit Arbeit beschäftigt. Also zog er weiter Umkreisungen in der Quadratur der Metropole. Auf der Suche nach irgendetwas. Aber wonach? Er befand sich nicht in der Lage, es ausfindig zu machen. Es war zum Verzweifeln, oder besser noch: zum Herausschreien. Doch er wusste nicht einmal, was. Und wieso? Seine ganze Gefühlswelt stand kopf. Um nicht erdrückend schwermütig zu enden, musste er in Bewegung bleiben. Also lief er – ohne Ziel, ohne Sinn.

In ruhigeren Momenten versuchte er, seinen Verstand zu sortieren, um zu verstehen, was in seinem Leben vor sich ging. Doch dann übermannte es ihn wieder. Ein Trübsinn, so stark, dass er glaubte, gemütskrank zusammenzubrechen. Alte, bereits vergessene Emotionen stiegen in ihm auf, welche er längst überwunden wähnte. Doch hier verhielten sie sich abweichend: All die Jahre hatten sie an einem stillen Ort in seiner Seele geschlummert, den Moment der Hilflosigkeit abwartend, um das verschlossene Tor seiner Seele zu bersten. Folglich nahmen sie den Platz ein, wo die Vernunft sie zuvor fortgejagt hatte. Durch Übung erworbene Gedankenkontrolle erwies sich jedoch als nutzlos. Es war sinnlos, sich zu wehren. Ramon war bemüht, die Obhut über seinen Körper nicht auch noch zu verlieren, wenngleich sein gesunder Verstand bereits abhandengekommen war, da seine Gefühle ein Eigenleben angenommen hatten. Und das einzige Mittel, was ihm einfiel, dem entgegenzuwirken, war, so gedankenlos wie möglich durch die Betonwüste zu laufen.

So vergingen die Tage, bis er sich am Rande des Wahnsinns fühlte. Doch die Rettung kam unerwartet. Zumal es an dem Ort geschah, wo man die Hoffnung als letztes Zurückgelassenes vermutete.

Bei einer Präsentation in der Galerie, zu der Ramon widerwillig erschien, lernte er den Präsentanten kennen. In einem Gespräch mit wenig Worten und viel Alkohol zeigte der Maler ein reges Interesse an seinem bildhauerischen Einfall. Spontan bot er Ramon einen Platz in seinem Studio an, um dort seine Holzbearbeitung zu verrichten. Ramon konnte vor Erleichterung zunächst nur ausatmen. Schon nach wenigen Tagen konnte er das Studio besichtigen. Den Raum begutachtend, wusste er sofort, dass dies der Ort sein sollte, in dem er seinen Tatendrang auslassen wollte.

Das hoch gelegene Studio stand nicht im Schatten anderer Häuser. Bei Tag war es recht hell erleuchtet und Ramon bekam einen Platz am Fenster, mit Aussicht auf die Silhouette der Betonwüste. Ein Ausblick, dessen Gesamtbild beinahe Anmut besaß.

Sein neuer Studiokollege, der Maler, erwies sich ihm gegenüber als überaus sympathisch und zuverlässig. Er wirkte unaufdringlich, mochte es, ungestüm draufloszuarbeiten und zwischendrin seine Friedenspfeife entspannt zu rauchen. Obwohl Ramon langsam etwas besser die Sprache verstand, hatte er nicht das Gefühl, dass Gespräche für seinen Studiokollegen wichtig waren. Das bewies er, als sie gemeinsam das Studio aufräumten, um für Ramon Platz zu schaffen. Alles ging fast wortlos Hand in Hand vonstatten, bis sein Arbeitsplatz am Fenster freigeräumt war.

Die Baumstümpfe waren zugegen, er besorgte Werkzeug. Aus weiterem herumliegenden Material stellte er einen provisorischen Arbeitstisch her und begann endlich mit seiner Arbeit.

Von der Werktätigkeit

Ramon wählte einen der drei Baumstümpfe aus, nämlich den äußerst dunklen, sehr harten. Er kannte die Holzart nicht. Das Fremde daran inspirierte ihn. Das Unbekannte wollte er zuallererst verarbeiten. Das erste Kunstwerk war für die Galerie bestimmt. Einmal eingearbeitet, wollte er anschließend für die Freundin eine passende Skulptur schnitzen. In seinem momentanen Seelenzustand war es sinnvoll, ein leichtes Thema als Motiv zu wählen. Er überlegte, was seit seiner Ankunft in der Betonwüste seine Erinnerung maßgeblich beeindruckt hatte. Das schönste Erlebnis – wegen der Einzigartigkeit – blieb die Suche nach den Baumstümpfen mit der herzlichen Malerin. Von diesem Ereignis fühlte er sich inspiriert, es als Thema aufzugreifen: die Suche nach dem Holz, das er verarbeitete.

Also griff er zum Werkzeug, vergaß wieder jedes Motiv und ließ das Holz seine Schnitzeisen spüren. Er befreite den abgesägten Baumstumpf von seiner überflüssigen Masse. Es wurde für ihn ein Spiel, durch das Holz hindurch die schöne Form zu befreien. Dort, wo sich die Form frei entfalten konnte, ohne von der überflüssigen Masse ihrer alten Natur gehindert zu werden, fand ihre Auferstehung statt. Die träge Masse, die sie zuvor gehindert hatte, sich bedingungslos in ihrem Ausdruck zu offenbaren, musste genau bis dahin entnommen werden, wo die Form anfing, dem Material, dem sie entsprang, zu entfliehen. Würde wiederum der Arbeitseifer darüber hinausgehen, brächte dies Form und Masse in einen Widerspruch. Ab dort begann die Form, ihren Ursprung zu negieren. Das bedeutete die Grenze, die erreicht, aber nicht überschritten werden durfte. Genau bis zu der Freilegung, wo sich die Form mit vollkommener Herrschaft der lebendigen Kraft über die Masse ausdrückte. Dort fand sie ihre Vollendung, wo sie erweckt werden sollte aus ihrem Schlaf der Natur, und verstand somit, sich durch diese frei auszudrücken. Der Schöpfer oder bestenfalls auch der Kunstbetrachter spürte ebenso diese befreite Form als das Schöne. Diese Harmonie führte zur Einigung. Empfanden Menschen gemeinsam das Schöne, blieb Uneinigkeit aus.

Ramons ganze Aufmerksamkeit galt seinem Schaffensprozess. Ein Schlag nach dem anderen. Seine Hände führten Hammer und Beitel, während sein Kopf leer blieb. Er horchte konzentriert auf die Struktur des Holzes, was es preisgab. Beim Zuhören rang er mit seinem eigenen Vorsatz. Setzte ihn nur durch, wo das Holz schwieg, gab nach, wo der Baumstumpf ihn durch seine innere Beschaffenheit führte. Somit begann ein Dialog zwischen Schöpfer und Schöpfung. Diese Unterhaltung verlief oft bis spät in die Nacht hinein.

Auch wenn die Straßen des Nachts eine besondere Gefahr darstellten, wenn er zu seinem Quartier zurückkehrte – er spürte keine Angst. Mit dieser Haltung der Gleichgültigkeit trotzte er jeder Gefahr in den dunklen Gassen. Vielmehr lief er an ihnen vorbei, ohne dass er sie bemerkte und ebenso wenig sie ihn.

Selbst das Aufstehen in aller Frühe ergab nun wieder Sinn. Da langer Schlaf in seiner Bleibe ohnehin unmöglich war, begann sein Tag weiterhin am frühen Morgen. Durch seine Aufgabe wurde nun alles erträglicher. Konfrontation bemächtigte sich seiner an den Tagen, an denen er nicht arbeiten durfte. Sein Studiokollege brachte gelegentlich unbestimmte Gründe hervor, welche seinen Arbeitsplatz besetzt hielten. An diesen unglücklichen Tagen lief er durch die Betonwüste und wusste nicht was, nicht wo und nicht wie.

Ebenso suchten gelegentlich Besucher das Studio auf, geschickt von der Galerie oder durch Anregung des Kunstsammlers. Bei diesen Empfehlungsbesuchen wurde viel geredet, man stellte seinem Studiokollegen viele Fragen. Der Maler antwortete stilgerecht, wie man es von einem Künstler erwartete. Es war feierlich und man feierte sich. Die Atmosphäre ungestört lassend, unterbrach Ramon spätestens dann seine Arbeit, wenn der Maler in Aktion trat.

Draufloskleksend vor den Augen der Besucher, skizzierte der Umschwärmte ein Bild. Ein Kunstevent, mehr noch eine Inszenierung, die durch Affekte Aufmerksamkeit erregte, diente zur Bekanntmachung seines Namens. Der Maler durchschaute die Kampagne vollends. Auch wenn es ihm missfiel, wie er beteuerte, so fügte er sich der Aufgabe doch ausgezeichnet. Anfangs beobachtete Ramon die Besucherpartys mit Neugierde. Später sah er, dass alle Zusammenkünfte gleich inszeniert abliefen. Seine eigene Präsenz empfand er wiederum als unangebracht. Also brach er auf zum auferlegten Spaziergang in die Betonwüste.

Trotz alledem vollendete er seine erste Skulptur. Er war zufrieden mit seiner Arbeit. Doch kaum war sein Werk vollendet, meldete sich der Galerist mit der Ankündigung, dass er unter allen Umständen unverzüglich seine Arbeit begutachten wollte. Schließlich handele es sich um Eigentum der Galerie. Dass er sich rein zufällig zum Zeitpunkt der Fertigstellung meldete, sprach für seine hinterhältige Art, sein Umfeld zu kontrollieren.

Ramon war zwar bemüht, diesen Advocatus Diaboli aus der Erinnerung zu tilgen, doch dessen Anwesenheit blieb hartnäckig. Gleich einem Schmarotzergewächs umwand der Galerist alles, was ihm einen Vorteil versprach. Nur diesen Vorteil wollte Ramon ihm nicht geben. Besser war es, ein Versprechen zu brechen, als durch einen Nutznießer auszudörren. Einerseits war er sicher, dass er nicht viel Gutes von dem bevorstehenden Treffen zu erwarten hatte. Andererseits war er vortrefflich vorbereitet auf den Besuch. Schließlich hatte er sein Werk ganz aus sich heraus vollendet. Das bedeutete seinen Vorteil.

Mit einem unterdrückten Lachen beobachtete Ramon bei seiner Werkpräsentation, wie im Gesicht des Galeristen sowohl das höhnische Grinsen als auch die sarkastische Miene verschwanden. Nunmehr sah dieser sich mit einer Fremdsprache konfrontiert. Sein Gesichtsausdruck war ein spontaner Anfall von Verständnislosigkeit. Aber die abfällige Art, wie er über Ramons Arbeit sprach, war alles andere als ein plötzlicher Gefühlsausbruch. Wohlüberlegte Abneigungen gegenüber seiner Skulptur kamen zum Vorschein. Ramon vernahm wenig, aber ausreichend: Der Galerist verlangte von Ramon, Erklärungen über die Linienführung der Formen abzugeben.

Ohne sich auf die aufgeforderte Rechtfertigung einzulassen, was sein Kunstwerk bedeutete, stellte er fest, wie weit sein Verständnis über Formgebung in ihm gereift war. Die Kritik des Galeristen in den Hintergrund stellend, blieb er ganz für sich. Auf des Galeristen Frage zur Linienführung fiel Ramon ein, dass nicht die Linien zur Form führten. Sie stellten lediglich ein Resultat zweier aufeinandertreffender Flächen dar. Während der Dilettant den zweidimensionalen Linien folgte, glitt der geübte Blick des Sachkundigen die Oberflächen-spannung entlang. Somit suchte der Verstand in seiner Einseitigkeit die begrenzte Linienführung. Ganz im Gegensatz nahm das Gefühl jedes Ausdehnen und Zusammenziehen der Ebenen wahr.

Aber diese Unterweisung behielt Ramon für sich. Es war ihm nur recht, einem Parasiten nicht zu gefallen. Was konnte nachhalti-ger vor Befall schützen? Er fand keinen Grund, sich weiterer Worte zu bemächtigen. Alles, was es hier für ihn zu sagen gab, drückte seine Skulptur bereitwillig aus.

Des Künstlers selbstsichere Verschwiegenheit steigerte die Un-sicherheit des Galeristen zur Verärgerung. Seine Unzufriedenheit ließ er schließlich an dem Studiokollegen aus, welcher beschämt dabeistand. Die Großspurigkeit des Galeristen provozierte einen Streit, welcher klarstellte, wer hier für wen arbeitete. Doch zu sei-nem Entsetzen verzog sein Gegenüber keine Miene – weder zum Guten noch zum Schlechten. Es blieb kein Ausdruck irgendeiner Emotion erkenntlich. Hochmütig siegesgewiss stand der Künstler vor ihm, keiner Kritik würdig. Das irritierte den hämisch Beob-achtenden über alle Maßen. Unwürdig seiner Kunsthandlung, da die Holzskulptur nicht seinem Kunstverständnis entsprach, verab-schiedete er sich ohne ein weiteres Wort.

Entschuldigend pflichtete der Studiokollege Ramon bei, dass er seine Tätigkeit nach wie vor aufnehmen sollte. Den abfälligen Aussagen betreffs seiner Arbeit stimmte er in keiner Weise zu und sie sollten Ramon nicht von weiterem Vorhaben abhalten. Auch er mochte den Galeristen keineswegs. Doch die Galerie sicherte seinen Traum, als Künstler mit beiden Beinen im Leben zu stehen. Ramon beschwichtigte ihn und sie gingen zu ihren Arbeitsplätzen zurück: der eine zu seiner weißen Leinwand, der andere zu seinem neuen Baumstumpf, der ungeduldig auf seine Bearbeitung wartete.

Das bereitwillige Holz stammte einer Akazie ab. Als Ramon den Umfang des Stumpfes maß, erkannte er, dass der Wuchs einiges an Jahren vorzuweisen wusste. Nach dem ersten Abnehmen der Rinde leuchtete ihm die frische gelbliche Farbe des Holzes entgegen. Die hell aufleuchtende Maserung unter der dunklen Rinde bereitete ihm Freude.

Obwohl Ramon mit dem ersten Werk ein gefälliges Thema behandelt hatte, wirkte die Skulptur doch sehr ernst auf den Betrachter. Ernsthaftigkeit bewirkte Konfrontation. Aber in einer Welt des schönen Scheins war eine Gegenüberstellung mit anstrengenden Gegebenheiten unerwünscht. Die Betonwüste galt den Heimischen als ein Ort, in dem man sich gerne mit einer scheinbaren Leichtigkeit des Seins umgab. Da für Ramon diese Leichtigkeit nicht in erreichbare Nähe rückte, war der schöne Schein für ihn äußerst schwierig zu ertragen. Der Widerspruch zwischen irdischer Schwere und gemüthafter Leichtigkeit ging nicht wirkungslos an ihm vorüber, während die Bürger diese Gegensätzlichkeit nicht an ihrem Kinderspiel hinderte. Diesen rhythmischen Fluss, in dem die Leichtfüßigen ihr Leben lebten, wollte er zum Ausdruck bringen. Mit dieser Haltung ließ er sich auf das Akazienholz ein.

Seine Arbeit verlief weiterhin sehr intensiv, doch signalisierte sein Körper das Verlangen nach Ruhephasen. Aber wie und wo? Natur blieb unerreichbar. Ruhe fand er nirgends außerhalb der schöpferischen Tätigkeit. Also nahm er sich für jeglichen Aufwand schlichtweg mehr Zeit. Einkäufe und Erledigungen liefen gemächlich ab. Mahlzeiten wurden in verschiedenen Küchen getestet. Selbst auf den geschäftigen Straßen zwischen Werkstatt und Heim bemühte er sich um ein zeitintensiveres Schlendern.

Ramon war entspannter im Fortschreiten, jedoch aufmerksamer in Bezug auf sein Umfeld. Konzentriert beobachtete er, was ihn umgab. Wie Menschen sich im öffentlichen Raum zueinander verhielten, sich miteinander unterhielten, beieinander aushielten.

So tickte die Uhr geduldiger für ihn. Der Tag verlief rhythmischer. Rhythmus verlieh ihm Kraft. Bekräftigt hielt er seine unaufhörliche Rastlosigkeit im Zaum.

Ab und an wurde er von der Galerie zu einem Besuch aufgefordert, zu dem er sich trotz der Arbeit nicht mehr verpflichtet fühlte. Doch er ging den Ersuchen gelegentlich kurz nach, um die Situation, in der er sich befand, zu überblicken.

Tief in seinem Inneren wusste er, dass er der ganzen vertrackten Situation nicht entfliehen konnte, ohne den Konflikt in seinem Innersten aufzulösen. Denn der Widerstreit lebte in ihm. Dabei ging es nicht um einen Galeristen, für den Kunst lediglich ein Mittel bedeutete, Menschen in seinen Bann zu ziehen. Die Galerie war kein Ort, in dem Künstler aus einem Freiheitsimpuls heraus kreierten, sondern ein Konstrukt der Abhängigkeit.

Wie sprach Alfredo es gleich noch aus? Ein Ort, an dem nicht die spezielle Person das Wesentliche darstellte. Für die Lokalität war es bedeutungslos, dass er, Ramon, dort verweilte. Aber seine Wenigkeit musste dort ausharren, bis der entscheidende Moment erschien, fortzugehen. Um diesen Moment nicht zu verpassen, nahm er auch die Erniedrigungen des Galeristen weiterhin in Kauf.

Seinen Aufenthalt nutzte er bestmöglich zur Erforschung, wie im Kunstgeschehen Künstler kreierten und präsentierten. Was ihre Erscheinung ausmachte. Wer sich für die Ausstellungen in der Galerie interessierte. Was Kunstsammler, Galerist, Besucher und Kunde unterhielt. Wieso sie sich eins und einig sowie uneins und uneinig miteinander verhielten. Ihre gegenseitige heuchlerische Vergötterung. Die Missgunst gegeneinander. Sie trennten sich voneinander, soweit ihre Fäden der Abhängigkeit es zuließen. Gleichermaßen verfingen sie sich in ihrem konstruierten Dasein. Ein Konstrukt, in dem sie Anerkennung kreierten. In ihrem geschlossenen Kreislauf fühlten sie sich bestätigt. Ein Umkreisen ohne Zentrum.

In diesem Karussell bekam der Künstler Anerkennung, indem er für die anderen kreierte. Der Besucher, weil er Anteil an der künstlerischen Ausführung nahm und Bekanntmachung bewirkte. Der Galerist stellte den Ort der Begegnung her und servierte Ergebnisse auf seinem Tableau. Er stellte den Drehpunkt des Geschehens dar. Der Sammler sorgte dafür, dass die Besucher auf die Künstler aufmerksam wurden. Die Künstler wiederum bewirkten das Interesse des Galeristen. In der Galerie fanden die Werke mit bester Bewertung in der Ausstellung ihren Platz. Der Erfolg der Künstler war seine künstliche Kreation. Der Käufer fühlte sich dadurch bestätigt, dass er die Kreation besaß und so den Kreislauf zum Abschluss brachte.

Kunst an sich bezweckte somit nichts. Sie diente als Mittel zum Zweck. Der künstlerische Warenverkehr behielt sich das Mittel als Ziel. Auf dem Spielfeld mit Zahlungsmitteln verfolgten die Bezieher ihre eigenen Ziele. Doch blieb gleichermaßen ein und dieselbe Absicht bestehen: die Täuschung, bereits am Ziel angekommen zu sein, mehr noch, das Ziel zu verkörpern. Jeder sah sich durch die Zielstrebigkeit der anderen Person bestätigt in seiner eigenen. Dieses Ziel bedurfte nicht des Hinterfragens, sondern der Bestätigung. Hatte man nicht so aus einer Betonwüste ein Paradies erschaffen?

Für ihn, den Fremdling, stellte sich die Frage, was seine Person in diesem Spiel vor Ort zu finden glaubte? Sosehr ihm Eingliederung geboten war, versäumte er doch gleich wieder das Unterfangen der Anteilnahme. Was ließ ihn immer wieder vom Weg abkommen? Glaubte er sich als jemand Besseres? Suchte er nach unmöglichen Gegebenheiten? Musste er sie ermöglichen? Es war zumindest gewiss, dass er im Anschluss kein Glück vorfand, ebenso wenig im Ausschluss. Im Letzteren erlangte er zumindest Eigenständigkeit. Gab es ein Zwischenglied unter Ein- und Ausgliederung? Mit dieser inneren Frage arbeitete er an seiner zweiten Skulptur.

Je mehr Zeit verging, desto weniger glaubte Ramon, dass er in seinem Umkreis noch Sinnvolles erreichen konnte. Seine Beziehung zur Kunst war zu andersartig von dem, was in seinem Umfeld geschah. Für ihn bedeutete Kunst nicht eine Idee, mit der man eine Parallelwelt erschuf, um der unbequemen Wirklichkeit auszuweichen und neue Realitäten zu kreieren. Vielmehr war für ihn die Kunst ein lebendiges Wesen. Es verlieh dem Menschen die Möglichkeit, durch Schöpferkraft die Schöpfung neu zu erfahren. Von Umgebung hin zum Zentrum. Denn der künstlerische Verlauf schritt nicht linear von einem Punkt zum anderen fort, sondern flächendeckend in alle Richtungen gleichzeitig. Das entsprach einer ganzheitlichen Entfaltung, einer wahrnehmbaren Verständigung über die Sinne. Dass das Wahrgenommene verständlich wird durch die Tat. Ganzheitliche Gleichzeitigkeit im Prozess. Weglassen, was trennt. Einfügen, was fehlt. Ein Austausch von Geben und Nehmen.

Masse geriet in Erklärungsnot, wo sie nicht formschlüssig erschien. Masse und Form oder Bestimmung und Erscheinung blieben uneinig, solange der Schöpfungsprozess in Selbstbeschäftigung verharrte. Im Verharren wurde der Schönheitssinn zur Selbstsucht.

Ramons Selbstgenügsamkeit brachte ihn immer wieder zum Ausgangsgeschehen zurück. Endlos neu, immer wieder gleich. Um nicht in einem Endlosband der Sinnlosigkeit gefangen zu bleiben, musste er diesen Kreislauf der Selbstbeschäftigung durchbrechen. Seine verschlafene Selbstgefälligkeit musste durch Aufmerksamkeit erweckt werden. Geweckt werden für das Unbekannte. Um der selbstgefälligen Form eine andersartige Bestimmung einzuprägen, lernte er, die verborgene Andersartigkeit des Unbekannten der vertrauten Eigenart hinzuzufügen. Die Sicherheit im Vertrauten, wuchs zu einem Vertrauen zum Fremden. In seiner Leidenschaft zur Form wollte er die anvertraute Fremdheit sichtbar zur Erscheinung bringen.

Nichts übte eine so starke Anziehungskraft auf ihn aus wie das Schöne, das in guter Harmonie das Wahrhafte vermittelte. Um im künstlerischen Prozess die gute Proportion zu erlangen, verließ er die selbst erschaffene Realität, damit durch täuschende Wahrheit in der Kunst die Wirklichkeit in Erscheinung trat.

Während dieser Betrachtungen ruhte sein Blick auf seiner noch nicht vollendeten Skulptur. Sein geschultes künstlerisches Auge nahm nicht mehr die starre Form in ihrer zähen Masse wahr. Nicht nach dem vorausgesetzten Motiv stand ihm der Sinn. Er sah die feste Form in ihrer Beweglichkeit. Die freie Erscheinung in der Kunst. Wo die äußere feste Form in ihrer materiellen Begrenzung endete, erschien ihm der Fluss der beweglichen inneren Form. Nicht allein das sinnliche Auge erkannte. Durch die Sinne geweckt, sah das innere Auge weiter fort. Die Bewegungen der Statue, welche durch seine Hände geschaffen wurden, verstand er zwar unzureichend, doch sie erfüllten ihn mit Zufriedenheit. Zur Vollendung seiner Werkschöpfung noch unreif, verlangte Ramon nach fremden Einflüssen, in denen er Ablenkung fand. Nach dieser Einsicht räumte er seinen Arbeitsplatz, packte seine erste Skulptur ein und verließ den Ort für eine Reise.

Die ungleichen Schwestern

Ramon reiste die ganze Nacht hindurch. Übermüdet und durchgekühlt erreichte er die Stadt bei Tagesanbruch. Aufgehendes Morgenlicht stimmte ihn milde. Da der Ort weniger hoch in den Bergen gelegen war, schien die Sonne bereits wohltuend aufwärmend, als er das Haus der Freundin erreichte. Dort empfing man ihn sehr freundlich. Sogleich stellte die Freundin Ramon ihre Eltern und Kinder vor, mit denen sie das Heim belebte. Alle freuten sich über den neuen Gast und kümmerten sich um sein Wohlergehen. Nebenher stellte die Freundin Fragen über seine Befindlichkeit in der Galerie, woraufhin er frei seine Erlebnisse darstellte. Einerseits nahm sie regen Anteil an seiner Misslichkeit und entschuldigte sich bei Ramon, dass er durch ihren Auftrag in eine so verzwickte Lage geraten war. Andererseits beteuerte sie, sich nicht einmischen zu wollen. Überhaupt wäre es besser für sie, nichts von der Problematik mit dem Galeristen zu wissen. Also wurde das Thema nicht wieder erwähnt.

Nach einem erquickenden Getränk aus frisch gepressten Früchten wurde er zu seinem Quartier geführt. Da Haus und Hof mit drei Generationen bereits beseelt waren, brachte die Freundin Ramon bei ihrer Schwester unter. Ihr Zuhause lag recht nahe. Die Freundin versicherte, es handele sich um eine ungestörte Bleibe, da die Schwester alleine lebte und gewöhnlich ihre Zeit außer Haus mit Arbeit und Gefährtinnen verbrachte. Das klang in des Besuchers Ohren genau nach der ersehnten Ruhe, nach der er schon lange trachtete. Sein Schlafgemach fand er fein arrangiert vor. Behaglich eingerichtet, stand ihm die Wohnung zur freien Verfügung. Das Erste, wonach es ihn aber verlangte, als man ihn allein zurückließ, war, sich schlafen zu legen.

Am Abend kehrte die Schwester heim. Sie war sichtbar die Jüngere, zumal von sehr anschaulicher Natur. Ihr heiteres Gemüt versprach auf den ersten Blick ein unkompliziertes Verhalten. Außer den langen schwarzen Haaren hatten die Schwestern nichts gemein. Während Ramon bei der Freundin ihr selbstbewusstes Auftreten schätzte, entfesselte die anfängliche Zurückhaltung der Schwester eine hinreißende Femininität. Ihr offenes Betragen, begleitet von einem liebevollen Lächeln, beschenkte den Empfänger mit Vertrauen.

Beim Bekanntmachen tauschten sie einige Freundlichkeiten aus, soweit Ramons Sprachfähigkeit es zuließ. Denn die Schwester war keiner Fremdsprache mächtig. Für die Auflockerung der Atmosphäre bereitete die Hausherrin ein Kännchen Tee zu. Nachdem sie das Kännchen geleert und sich redselig ausgetauscht hatten, überfiel den bewillkommnen Gast erneut die Müdigkeit. Es mochte befremdend auf sie gewirkt haben, doch er entschuldigte sich und verschwand schleunigst auf sein Zimmer. Schlaf war, wonach ihm verlangte. Denn das Einzige, das er mit Sicherheit spürte, war Erschöpfung.

Es kam der Zeitpunkt, seine erste Skulptur der Freundin vorzuführen. Als er sie auspackte und zum Betrachten platzierte, glänzten ihre Augen vor Freude. Das Kunstwerk gefiel ihr auf Anhieb. Obwohl Ramon ihr darlegen wollte, dass er schon eine zweite Skulptur bearbeitete, welche ihr zugedacht war, blieb diese Nachricht unausgesprochen. Es mutete ihn unpassend an, über ein Erzeugnis zu reden, solang es unfertig im Prozess verblieb, während die erste vollendete Skulptur gegenwärtig glänzend wirkte. Bemerkenswerterweise identifizierte sich die Betrachterin mit der Statue. Alles in allem erschienen ihm Skulptur und neue Besitzerin zusammen als ein stimmiges Bild. Wozu den glücklichen Umstand ändern? Also beließ er es, wie es sich fügte, ohne nachträgliche Überlegungen. Eilfertig stellte die Freundin viele Fragen nach Aufwand und Bedeutung der Skulptur. Er antwortete ihr entsprechend mit vielen differenzierten Begriffen. Sie war glücklich, er zufrieden.

Ramon wurde schnell in den Familienrhythmus der Freundin einbezogen. Da die recht jungen Kinder den Tagesablauf bestimmten, gab es pünktliche Essenszeiten, regelmäßige Spaziergänge in den Parks mit Spielen. Größtenteils verbrachte er mit ihnen den Alltag und ließ die Zeit vorüberziehen. Am Abend verstand es die Schwester mit wenig Aufwand, aber sehr geschickt, Ramon von der Flucht in sein Zimmer abzuhalten. In ihrer Art war sie so ungezwungen und einfach, dass ihn ihre Gegenwart amüsieren musste. Auch wenn er nicht alles verstand, da sie drauflosredete, als wenn er ihre Sprache bereits beherrschte, belustigten ihn ihre Gespräche umso mehr. So gab er seine Bemühungen, die Sprache zu lernen, nicht auf und sein Verständnis wuchs.

Die Stadt, in der Ramon einige Zeit verbrachte, beinhaltete keine Besonderheiten, doch sie war weitaus angenehmer als die Betonwüste. Das Klima war sehr warm, die Familie freundlich und unkompliziert. Auf den Straßen hörte man allgegenwärtig Musik. Musik und Tanz wurden ausdrucksstark gepflegt.

Besonders wohltuend waren die kühlen Nächte, in denen das Lächeln der Schwester immer lichter wurde. So schaute er eines Abends in ihre tiefen, dunklen Augen, schloss sie in seine Arme und küsste sie.

Da die ganze Familie Gefallen an dem unbeschwerlichen Besucher fand, baten sie ihn, länger zu bleiben. Es fiel ihm nicht schwer, zuzusagen. Er erholte sich ausgiebig von seinen letzten Strapazen. Die Tage verbrachte er weiterhin mit der Freundin und ihrer Familie. Doch sobald die Schwester von ihrer Arbeit heimkehrte, gehörte die Nacht ihnen. Er genoss ihren zarten Körper, ihre Hingabe und Schlichtheit, die sie durch ihr ganzes weibliches Wesen zum Ausdruck brachte. Was das Liebesverhältnis noch spezieller machte, war der Umstand, dass sie sich gegenüber niemandem in der Familie etwas von ihrer gegenseitigen Zuwendung anmerken ließen. Sie hüteten es als ihr Geheimnis. Warum? Eine Begebenheit, über die Ramon nicht nachdachte. Nicht nachdenken wollte.

Während des Tages unterhielt sich Ramon viel mit der Freundin, da er mit ihr wie gewohnt in seiner Sprache plaudern konnte. Ihr wiederum gefiel seine Art, die Welt zu betrachten. Er verstand es wiederum, Verborgenes spielerisch mit Begriffen zu deuten. Im Gespräch beobachtete er, wie sie sich verstärkt bemühte, auf seine Art, zu denken, einzugehen. Ihre Dialoge waren bestimmt vom gegenseitigen Übertreffen. Eine Art spielerischer Wettstreit provozierte die

Unterhaltung. Dieses Kräftemessen bedurfte einer sehr achtsamen Umgangsform, da ein herausforderndes Konkurrenzverhalten leicht Neid hervorrief. Unterdrückter Neid äußerte sich aggressiv im Streit und verlieh dem Kampf Brutalität. Um des Vorzugs der Herausforderung im Gespräch teilhaftig zu werden, befürwortete Ramon eine Zurückhaltung in der Überlegenheit und blieb spielerisch in den verbalen Äußerungen. Ihm gefiel es, in eifrigen Themen wie der Kunst herausgefordert zu werden. Im Gegensatz dazu mied er Streitigkeiten. Das Spiel von Sieger und Verlierer lag ihm fern. Die starre Vorstellung, dass Sieg immer gleich Erfolg sei, ließ den bedeutungsvollen Lernprozess der Niederlage außer Betracht.

Vornehmlich durch die künstlerische Arbeit lernte er, von fixierten Vorstellungen abzulassen. Bevorzugt blieb er im Dialog mit dem schöpferischen Medium, in seinem Falle mit dem Holz. Die Aufmerksamkeit auf die Form führte ihn zum Austausch. Ein Wahrnehmungsprozess, der nicht festigte, sondern löste. Losgelöst durch die Wahrnehmung, aus seinem Innenleben hin zur Außenwelt, erhielt sein Gefühl eine konkrete Gestalt im künstlerischen Hergang. Aus vagen Wahrnehmungen formten sich mit der Zeit klare Vorstellungen. Das verhalf ihm, die erlittenen Einflüsse differenzierter aufzunehmen. In einer konkret ausgestalteten Welt wusste er von einer lebhaften Innenwelt, war jedoch einer Außenwelt mit eigenen Gesetzen ausgeliefert. Seine Aufgabe bestand aber nicht in einem Ausgeliefert-Sein, sondern in einem Entgegenstellen durch seine Schöpferkraft.

Was der irdische Planet rein äußerlich von sich gab und welche Auswirkung er auf den Menschen ausübte, blieb für ihn ein Mysterium. Die Mühlen der Elemente mahlten gemächlich. Dafür auch gewissenhaft. Somit wurde auf ihn eingewirkt, gleichermaßen er im künstlerischen Ablauf wirkte. Der künstlerische Prozess bewirkte, dass Ramon dem Verloren-Sein in der Fremde eine Bestimmung gab. Jeder Gewohnheit beraubt, stellte er seiner Disbalance ein Zentrum entgegen. Im künstlerischen Schaffen fand er seinen Ausgleich, nach dem er vermehrt trachtete. Seine Gestaltung war deshalb weniger ein Ausdruck der Vernunft, vielmehr sein wirklicher Bezug zur Gefühlswelt. Unbestimmte Gefühle wuchsen mit der Arbeit in eine Form vom Ungewissen ins Gewisse. In der Form spiegelte er nicht eine Realität wider, sondern die Wirklichkeit seines Erlebens.

Was ihn besonders ansprach, war das sich ausbreitende Wohlwollen in seiner Brust. Eine Wärme in seiner Herzgegend wurde spürbar. Verhielt es sich als ein Ausdruck seiner inneren Arbeit oder des äußeren Einflusses? Vielleicht beides im Zusammenspiel? Sein Wesen musste in Erscheinung treten, um in der Fremde heimisch zu werden. Mit besonnenem Blick beschaute er die Massivität der Berge und vernahm Zuspruch.

Besonders glücklich schätzte er sich, hier seine ungleichen Gefühle leidenschaftlich bei der Schwester auszulassen, die es verstand, sie aufzufangen. Ihre ungezwungene Art war ganz frei von Rivalität, vielmehr förderte sie Ramon in seiner Unbeschwertheit. In ihrer ruhigen Gabe des Zuhörens inspirierte sie ihn. Nicht das Komplexe spiegelte sie in ihm, sondern das Schlichte. Weil komplexe Gedankengänge zu vieler Begriffe bedurften, welche Ramon in der Fremdsprache nicht zufielen, sah er sich gezwungen, schlicht zu bleiben.

Durch die Augen der ungleichen Schwestern wurde er auf zwei völlig verschiedene Wesen in seiner Persönlichkeit aufmerksam. Die eine schätzte seine Konsequenz und Ernsthaftigkeit. Ebenso bewunderte sie, wie er Dinge differenziert anzuschauen pflegte. Die andere mochte ihn von Herzen gern für seine ungezwungene Art, das zu unternehmen, was er momentan für richtig hielt. Und zwar mit einer Leichtigkeit, fast Leichtsinnigkeit, dem Leben gegenüber.

Sein innerer Widerstreit, Verstandeskraft gegen Herzensangelegenheit, widerfuhr durch den schwesterlichen Zuspruch ungleich Veredlung.

Die Tage vergingen. Ramon ließ sich das Leben gefallen als Fremder, Freund und Liebhaber. Jede der Rollen besaß seinen Reiz. Gelegentlich schlenderte er einsam durch die Straßen. Bei Einbruch der Dunkelheit begannen viele Einwohner, zur einheimischen Musik zu tanzen, zu Hause oder zur geladenen Veranstaltung. Im betagten Lebensabschnitt belebte Anstand und Respekt das Miteinander des Tanzvergnügens. Die Jugend hingegen umgarnte anschmiegsam lustvoll ihre Partner. Gleich welchen Alters, das Tanzgebaren verlief festlich. Ihre Bewegungen waren hinreißend natürlich und auch erotisch reizvoll. Musik und Bewegung, Führung und Fügung; zusammen verschmolzen zur Einheit. Diese Art, zu tanzen, drückte so viel von der Eleganz der Menschen aus.

Das Teilhaben am einfachen Leben begünstigte inspirierend sein Vorhaben in der schöpferischen Arbeit. Somit stieg in ihm das Bedürfnis, seine zweite Skulptur zu vervollständigen. Diesem Drang wollte er alsbald nachgeben. Die Bewegung vom Komplexen zum Schlichten, der Wunsch, Ausdruck im Holz zu verleihen, bemächtigten seine Seele. Und dieses Holz wartete auf ihn – in der Betonwüste.

Er verabschiedete sich von den Schwestern und dem Rest der Familie mit dem Versprechen, so bald als möglich zurückzukehren.

Als er aufs Neue in der Betonwüste war, hieß sein Studiokollege ihn willkommen. Rauchend saß er vor einer weißen Leinwand. Man wusste nicht, ob seine Pfeife oder sein Kopf qualmte. Er bat Ramon, seine künstlerische Tätigkeit sogleich zügig aufzunehmen. In vertrauter Studioatmosphäre widerstand die Einladung keinen Zweifeln. Die folgenden Arbeitstage eilten überaus intensiv der Vervollständigung entgegen.

Einerseits erstaunte ihn, mit welcher Leichtigkeit er seine Skulptur fertigstellte. Andererseits hinterfragte er sein Werk während des gesamten Schaffensprozesses. Unklar nebelhaft im Wagnis, war er besorgt, etwas irrtümlich auszuführen und damit die Form zu verunstalten. Missbrauchte er das Holz, um es seiner Macht zu unterwerfen? Beachtete er zu wenig dessen innere Beschaffenheit? Beim Betrachten blieb ihm die Formgebung so fremd, wie sie ihm auch vertraut erschien. Erst in dem Augenblick, als die Skulptur vollendet und in ganzer Gestalt einer nie enden wollenden Bewegung im warmen gelben Holz aufleuchtete, begann er, sein Werk zu erkennen.

Ramon verschwendete nicht viel Zeit mit Nebensächlichkeiten und verließ schleunigst – mit seiner Skulptur – die Betonwüste. Bei seiner Rückkehr strahlte die Schwester voller Freude. Er platzierte das Bildwerk am geeigneten Ort in ihrer Wohnung. Ganz selbstverständlich machte er ihr die Statue zum Geschenk. Sie würdigte die Aufmerksamkeit mit einem Lächeln. Mehr als über das Kunstwerk freute sie sich, Ramon wiederzusehen. Unglücklicherweise musste sie bald, der Arbeit wegen, für längere Zeit verreisen. Doch wenn Ramon ihre Rückkehr nicht abwarten wollte, versprach sie, ihn in der Betonwüste aufzusuchen.

Auch die Freundin war glücklich, Ramon wieder in ihrer Nähe zu wissen, und begierig, seine zweite Skulptur zu sehen. Somit verabredeten sie am Abend vor der Abreise der Schwester ein gemeinsames Treffen. In ihrer Wohnung sollte das Kunstwerk begutachtet werden. Dies war eine der wenigen Begebenheiten, in denen er mit beiden Schwestern gemeinsam Zeit verbrachte. Die Gemeinsamkeit zu dritt hinterließ stets ein leises unbehagliches Gefühl in ihm. Er wusste das Unbehagen nicht recht zu deuten. Vielleicht wegen des Geheimnisses mit der Schwester? Oder lag es daran, dass sie so unterschiedlich auf ihn einwirkten? Hielten sie nicht unabhängig von ihm eine unausgesprochene Distanz zueinander?

Sobald die Freundin erschien, ließ er die Schwestern allein im Zimmer mit der Skulptur zurück. Er ging zur Küche, um ihnen Kaffee zuzubereiten. Von der Küche aus beantwortete er ihre Fragen zum Kunstwerk. Dabei war er unaufmerksam, als er gesteigert in den Redefluss seiner Muttersprache verfiel. Somit der Schwester unverständlich, nur der Freundin für das Gespräch zugänglich, bemerkte er nicht einmal, wie die Fragen der Freundin immer zurückhaltender vorgebracht wurden. Schließlich war Ramon im Begriff, die Getränke zu servieren, als unerwartet die Freundin mit verfinstertem Gesichtsausdruck ihm gegenüberstand. Eine Andeutung des Verabschiedens entglitt geräuschlos ihren Lippen. Sie verschwand sogleich ohne Aufheben aus dem Haus. Das Tablett zum Service noch in der Hand, schaute er erstaunt ihrem Verschwinden hinterher.

Die Schwester, welche den unverständlichen Vorgang beobachtete, folgte ihr sogleich. Weniger der Gefälligkeit wegen, sie nach Hause zu begleiten, sondern mehr der Frage dienlich, was vorgefallen sei. Doch diese wich schweigend auf ihre Fragen aus. Zurück in der Wohnung fragte die Schwester Ramon nach dem Inhalt der Unterhaltung. Wie legte er den plötzlichen Stimmungswechsel aus? Doch der musste ebenso erstaunt nach einer Antwort suchen. Er beteuerte, zuvor nichts Persönliches ausgesprochen zu haben. Er habe lediglich die Bedeutung der Formensprache in ihrer bewegten Lebendigkeit dargestellt. Doch er vermutete, dass die Freundin in den Kunstwerken etwas erkannte, das ihm mehr und mehr ersichtlich wurde.

Am nächsten Morgen begab sich die Schwester auf ihre Reise. Bei ihrem Abschied vereinbarte sie mit ihrem Geliebten ihr Wiedersehen. Ramon verweilte noch einige Tage allein in ihrer Wohnung. Nach dem unvorhergesehenen Ereignis des vorherigen Abends vermutete er, dass noch eine unausgesprochene Botschaft auf ihn wartete. Also besuchte er die Freundin wie gewohnt in ihrem Haus. Doch sie widersetzte sich in Wort und Aufmerksamkeit ihm gegenüber. Wegen der bedrückten Stimmung hielt Ramon es für klüger, sie zunächst zu verlassen und am Abend erneut vorbeizuschauen.

Auch das Abendessen verlief sehr schweigsam. Bis die Freundin ihn bat – zu seinem Erstaunen –, ihr zu helfen, einen geeigneten Sockel für ihre Skulptur zu skizzieren. Diese Zeichnung wollte sie zur Herstellung an einen Schreiner weiterleiten. Obwohl ihre Laune sich seit dem gestrigen Abend nicht gebessert hatte, ohne dass sie ein Wort darüber verloren hatte, was sie ärgerte, entschied sich Ramon, ihr zu helfen. Sein skizziertes Piedestal vermochte ein Handwerker, leicht umzusetzen.

Kaum hatte Ramon den Entwurf fertiggestellt, begann die Freundin schließlich, sich bei ihm zu beklagen. Denn sein Entschluss, wer welche Skulptur bekam, sei für sie nicht annehmbar. Ihre nachfolgenden Vorwürfe waren ein unaufhörlicher Schrei der Verzweiflung. Emotionen sprudelten aus ihr heraus, die Ramon in sprachloses Erstaunen versetzten. Was sich hier vor ihm auftat, waren die tiefen Abgründe einer verletzten Seele. Auch wenn sie es mied, sich in irgendeinem Satz klar auszudrücken, so wurde es deutlich, dass Ramons Arbeit die Mitte ihres Herzens getroffen hatte.

Einen gewissen Widerwillen empfand sie für den Besitz ihrer Skulptur. Die Aversion entfachte sich durch den Anblick der zweiten Skulptur, die zu allem Überfluss der Schwester hinterlassen worden war. Im Vergleich der beiden Werke maß sie das Verhältnis zu ihrer Schwester. Ein unbestechlicher Neid machte ihre unterdrückten Empfindungen sichtbar. Woher diese Eifersucht?

Die Identifikation mit einem Erscheinungsbild, das so sehr die Ersthaftigkeit in der dunklen Substanz zum Vorschein brachte, ganz im Gegensatz zur lichten Gestalt, in der sich ihr verschwisterter Neid offenbarte, hinterließ in ihr das Bild der Nebenbuhlerin. In den schwunghaften, fröhlichen Bewegungen des lichten Akazienholzes erkannte sie eine Leichtigkeit, die ihrer Schwester innewohnte – nicht ihr. Eine Unbeschwertheit, die ihr im Leben fehlte, um der Glückseligkeit teilhaftig zu werden. Denn ihr Erfolg war von Mühsal bestimmt. Dass Menschen, welche den Müßiggang vorzogen, Glück und Anerkennung erlangten, erfüllte sie mit Missgunst.

Es existierten Darstellungen, mit denen sie sich nicht konfrontieren wollte. Wenn sie jedoch erst einmal erkannt wurden, war es unmöglich, wegzuschauen. Eine formgebende Ästhetik verstand es, Lobpreisungen hervorzubringen, während das Schöne der Kunst seine Begabung darin sah, die offensichtliche Realität zu verlassen, um die tiefgreifende Wirklichkeit auszusprechen. Hören und Sehen bedrohten im Abgrund mit bedrückender Klarheit. In der Welt der Kunst durfte das Gewissen nicht schweigen. Unter dem Schleier des Sinnlichen verbarg sich das Antlitz der Wahrhaftigkeit. Schon die Legende der Sphinx lehrte, die verschleierte Wahrheit tunlichst bedeckt zu halten. Denn nicht die Ersten fanden im Lüpfen des Verborgenen ihre Glückseligkeit. Es beschied den Letzten. Während das Offensichtliche den vielversprechenden Erfolg lobte, tadelte das Verborgene ihn.

Offensichtlich war die Anerkennung, in der sich ihr Leben sonnte, das Ergebnis ihrer Mühsal. Verborgen im Schicksalshafen strandete das unterdrückte Leid, um kenntlich zu machen den Schmerz. Nicht äußerer Halt, innere Festigkeit bestimmte Glückseligkeit. Anerkennung fand die Freundin der Tat durch ihren Erfolg. Geliebt wurde die Schwester der Hingabe. Nicht geliebt zu werden für den eigenen Einsatz, sondern für das Geschehenlassen, oblag dem besseren Teil der Schwestern. Sich der besseren Hälfte zu beugen, im Verzicht auf das Erworbene, ließ Gewinn als Verlust erscheinen.

Weniger den Gedankengängen der Freundin folgend, mehr in den eigenen verstrickt, musste der Kunstschaffende sich doch einer rechten Zusprechung seiner Schöpfung eingestehen. Sowohl er als Schöpfer als auch sie als Betrachterin wurden einer Gewissenhaftigkeit zuteil. Denn in der Unbeschwertheit mochten beide von der Schwester ihren Anteil nehmen. Aber musste es um den Preis der Freundschaft geschehen? War er wieder mal zu rücksichtslos gewesen und mit seinem Vorhaben zu weit gegangen? Entsprachen ihre

Wutausbrüche nicht seiner Unfähigkeit der verbalen Äußerung zwischenmenschlicher Empfindsamkeit? In ihrer Konfrontation tat sie wenigstens ihren Konflikt kund, während er sinnierte. In ihrem Zorn erkannte er ihre Auseinandersetzung, während er im Schweigen wägte. Sein passives Verhalten provozierte noch ihre Wut. Wie sie nicht in der Lage war, ihre Emotion zu bremsen, war er unfähig, aus seiner Haut herauszukönnen. Beide klammerten an dem, was sie nun mal waren, was sie glaubten, zu sein. Was sie aus ihrer Vergangenheit in die Gegenwart trugen.

Unter Tränen bat die Freundin Ramon, zu gehen. Er verabschiedete sich höflich und verließ bald darauf die Stadt.

Der Ausweg

Was blieb anderes übrig, als zur Betonwüste zurückzukehren? Er fragte sich, wie oft seine Fügung ihn noch zu diesem Ort der Unerträglichkeit führen würde. Jedoch sagte ihm etwas, dass er in naher Zukunft seinen Schicksalshafen verlassen durfte.

Sein erstes Ziel befand sich im Studio. Eine letzte Arbeit sollte noch durch ihn vollendet werden: der kleine übrig gebliebene Baumstumpf, obwohl es sich eher um eine Wurzel handelte. Eine Heilbehandlung expressiver Ereignisse. Denn was Worte in ihm nicht ausdrückten, fand in der Darlegung des Bildhaften eine bessere Verarbeitung.

Nach der Ausarbeitung wollte er seinen Arbeitsplatz räumen und wieder seinem Studiokollegen überlassen, um die Mitnutzung des Studios nicht überzustrapazieren. Ein Grund mehr, seine Arbeit nicht warten zu lassen.

Die Eigenschaft der Wurzel in ihrem verwachsenen Dasein machte ihre Verarbeitung kompliziert. Beieinandergewachsen ins Knorrige, was knubbelig zusammenstauchte. Als wenn das Krüppelige eitel mit dem Buckel prahlte.

Dem Auge verborgen, sorgte die Missgestalt unterhalb der Erde für die feste Verankerung der herrlichen Gewächse. Ramon hielt den absonderlichen Prügel prüfend in seinen Händen. Sinn und Zweck waren dem abgetrennten Wurzelstamm ohne Auswuchs abhandengekommen. Um ihm die Würde zurückzugeben, wollte Ramon dem Harmonischen in der Wurz zum Ausdruck verhelfen. Die Wurz war der Aufgabe seiner unverrückbaren Verankerung beraubt und Ramon verlieh dem groben Gepräge eine in sich schlüssige Statur. Knollig, kirrend, knarzend entstand der kleine Gnom. Die neue Heimstätte für den Wurzelgnom war somit die Betonwüste, deren Gestaltung nur die gerade Linienführung zuließ. Eine Architektur der gähnenden Leere. In der das Verwachsene verwundete, wo es verheilen mochte.

Zum Verweilen fehlte der Weltstadt der Ruhepol, in dem das Gnomenhafte wieder Anschluss fand. Welchen Wuchs müsste ein Wesen annehmen, um sich inmitten von Betonklötzen wohlzufühlen? Welche Seeleneigenschaft entfaltete sich in einem eingekerkerten Rechteck? Wie auf einer Streckbank wurde das verbogene Leben plattgewalzt. Mit Sicherheit gaben Bunker dem Überleben Sicherheit. Ein Lobpreis auf das schöne Leben fand dort mit Sicherheit für einen Gnom wie Ramon nicht statt.

In seiner Trostlosigkeit versunken, versackte er regelmäßig in Cafés und schaute dem zu, was ihm nicht abging: das alltägliche Geschehen in der Betonwüste. Somit saß er eines Tages gemeinsam mit einem jungen Paar an einem Tisch. Sie war eine einheimische Schönheit. Ihr Verlobter hingegen war ein Fremder aus der Ferne, die Ramon vertraut war. Somit konnte der unterhaltsame Sprachfluss gewährleistet werden. Ihre Vertraulichkeit zueinander wuchs nach weiteren Treffen alsbald. Ramons Unmut blieb dem jungen Paar nicht verborgen. Besorgt um seinen Zustand sowie des Landes Gastfreundschaft verpflichtet, lud die Heimische den Fremden ein, über die bevorstehenden Osterfeiertage mit ihnen ihre Eltern zu besuchen. In ihrem Heimatort wurde das anstehende Osterfest auf besondere Weise gefeiert. Zudem handele es sich um ein sehr schönes Städtchen. Anschaulich und erquickend nach einem viel zu langen Aufenthalt zwischen Betongiganten. Was konnte dem Bedrückten Besseres geschehen? Der Einladung Folge leistend, bereitete er die Reise vor.

Ein Auslöser vieler Ereignisse, welche Ramon nicht unbeschäftigt zurückließen, fand nach dem Auffinden der drei Baumstümpfe statt, welche er in Form gebracht hatte. Statuen, welche in ihrer Absicht eigentümlich lebendig erschienen. Wesen mit einem Eigenleben, welches auf den Betrachter einwirkte. Um die rechte Wirkung zu erzielen, bedurfte jede der Skulpturen eines passenden Platzes, an dem sie sich zur Geltung brachte. Damit auch der Gnom den Ort seiner Wirkung erhielt, reiste sein Schöpfer durch die zugepflasterte Metropole.

Es war nicht einfach, in der Einfältigkeit des Betons das richtige Haus am richtigen Ort ausfindig zu machen. Dort, wo die Malerin geschäftig Wände mit Pinsel und Farbe in thematische Akzente versetzte. Eine Heiterkeit sprach aus ihren Motiven, welche die betonierte Mattigkeit verschwinden ließen. Mit diesem farbreichen Frohsinn empfing sie den Besucher. In einer Anzahl unterschiedlicher Räume bestaunte Ramon ihre Arbeiten. Bereits die enorme Größe der Auftragsarbeit, die sie in vielschichtigem Aufwand eigenständig bewerkstelligte, beeindruckte. Noch mehr verehrte er ihr handwerkliches Geschick, welches künstlerisch-intuitiv angelegt Geltung fand. Es erfreute ihn zutiefst, die Reise durch das Labyrinth bewältigt zu haben, um ihre Arbeit zu begutachten.

Es handelte sich wirklich um ein großes, noch unbewohntes Haus, in dem die Malerin die Zimmer beschaulich gestaltete, während die Räumlichkeiten darauf warteten, von den nachfolgenden Bewohnern eingerichtet zu werden. Die Wände und Decken brachten bereits einen farblichen Abglanz des zukünftigen Lebens hervor. Die Unberührtheit der Weiträumigkeit im eng besiedelten Stadtgedränge brachte mit dem farbigen Abglanz entschieden Feierliches hervor. In dieser ergriffenen Stimmung überließ er sie alsbald wieder ihrer Aufgabe. Im Drang der Vollendung ihrer Kunstwerke bedurfte die Künstlerin nicht seiner Unterhaltung. Zum Abschied übergab er ihr die dritte Skulptur. Erfreut über das gnomenhafte Gepräge, schwelgte sie nun von dem Tag der Holzsuche. Nun ein Ergebnis in ihrer Hand zu halten, beglückte sie umso mehr. Sie versprach, den geeigneten Ort für den Gnom auszuwählen, in dem er ein Zuhause finden sollte.

Alle drei Nachwüchse seiner schöpferischen Tätigkeit untergebracht, wohl wissend, dass sie am rechten Ort waren, verspürte er die Zubilligung für seine Weiterreise.

Es war Karfreitag. Ramon fand sich mit dem jungen Paar in einer Kleinstadt wieder, deren Kern aus schlichten, weiß gekalkten Häusern bestand. Ausschließlich ihre Holzfenster und -türen widersetzten sich schwarz gestrichen, als Kontrast. Das Hell-Dunkel der Hausfassaden gab dem Zentrum einen zeichnerischen Charakter. In dieser Schwarz-Weiß-Kulisse fand am Abend ihrer Ankunft die Osterprozession statt. Während die Straßen bereits mit Besuchern überhäuft waren, nahmen die drei, wegen des guten Überblicks Platz auf einer Tribüne.

Der Auftakt des Prozessionszuges gestattete dem bloßen Auge nicht, dessen Abschluss auszumachen. Die Durchführung des feierlichen Aufzugs ließ keinen Zweifel daran, dass die Tragik der Passion hautnah dargestellt wurde. Klagende Wallfahrer wallfahrten, eingehüllt in mönchsartige Kutten. Dabei wirkte der Zuschnitt der Gewänder zuweilen belustigend, da heimisches Trachtenmuster kirchliche Sparsamkeit durchwebte. Eine Tracht trachtete der anderen. Als noch tragischer empfahlen sich die traditionellen Roben, in denen die Büßer ihre Gesichter unter Spitzhauben verbargen.

Aufwendig gestickte Banner, vorgeführt von Vereinen, Chören und Musikkapellen, begleiteten den Bußgang. Zwischendrin fortwährend massive, schwergewichtige Holzbahren, deren jeweilige Bühnen Szenen des Kreuzweges verkörperten. Diese mussten, schweigsam von Trägern erduldet und auf ihren Schultern gestemmt, im Gleichritt der Marta Dolorosa entlanggeführt werden. Beeindruckend schritt das Szenarium Richtung Ölberg, wo der erlösende Opfertod seine Bestimmung fand.

An den Pilger Ramon schritt das Osterfest nicht unbeeindruckt vorüber. Die Passion, begriffen als Pilgerweg, stand für das größte Leid und das absolute Seelenheil der Christenheit. War das auch seine Passion? Sollte auch er Höhen und Tiefen des Unbegreiflichen erleben? Die Demonstration benetzte seine ausgetrocknete Seele nach den ausdorrenden Erlebnissen in der Betonwüste auf besondere Art und Weise. Zu intensiv, um es unweigerlich symbolisch hinzunehmen. Zu traditionell, um es als tatsächlich anzusehen. Gleichzeitig zu nah und zu fern an seiner Seele, als dass er sich reif dafür fühlte, die Frage der Erlösung zu beantworten. Das Ereignis auf Golgatha lag jenseits seiner kritischen Fähigkeit. Somit blieb die Einladung zum Auferstehungsfest als ein Geschenk in seiner Seele ruhen. In der Ruhe, reiste er weiter.

Schlussendlich nahte der vereinbarte Zeitpunkt, an dem seine Wege sich mit denen der Schwester auf ein Neues kreuzten. Um ihre Zweisamkeit ungestört zu genießen, suchten sie für einige Tage ein kleines romantisches Dorf auf. Auf einem abgelegenen Bergenplateau war er erstaunt, abermals Häuserfronten in der Schwarz-Weis-Silhouette vorzufinden. Dabei wurde speziell an den Türrahmen und -flügeln die handwerkliche Geschicklichkeit hervorgehoben. Feiner ausgearbeitet im Detail, individueller in der architektonischen Präsenz als im Osterstädtchen, wodurch sie mehr Wärme ausstrahlten.

Die kleinen Bauwerke wirkten besonders durch die Ausgestaltung der Innenhöfe einladend. Klein im Format, aber immer hübsch hergerichtet, nicht selten als ein winziger Gasthof. Von der offenen Stube erreichte man die unterschiedlich angeordneten Räumlichkeiten vom Wohnraum bis zum Arbeitszimmer. Viele dieser Häuser besaßen schlichte Werkstätten mit angrenzenden Handwerkerläden. Besonders auffallend stach die Schmuckverarbeitung hervor.

Während er ein Schmuckstück nach dem anderen besah, um das rechte auszusuchen, verweilten seine Gedanken schon bei der Schwester, die ihn tragen sollte. Er bewunderte die Goldschmiedekunst im hiesigen Land. Silber- und Goldschmuck gefiel den Einheimischen. Es schmiegte sich ihrer glänzenden, hellbraunen Haut an wie notwendige Bedeckung. Sie trugen ihre Kleinodien, ohne dass es auffiel, dass der Schmuck ihnen diente und dadurch nichts an seinem Glanz verlor. Also nutzte er die Gelegenheit, der Schwester ein Schmuckstück anzulegen.

In den kühlen Nächten der Hochebene dienten die aufgewärmten Innenhöfe dem gemeinsamen Plausch. Ebenso sorgten die unzähligen Handwerkerläden für unterhaltsame Abwechslung mit ihren unterschiedlichen Artikeln. Einander zugetan schlenderten sie durch die aus groben Steinen gepflasterten Straßen und ließen die gemeinsame Zeit vorüberziehen.

In diesem Dorf wirkte die Zeit wie stehen geblieben. Hier spürte Ramon zum ersten Mal seit Langem wirklichen Frieden. Ein längst ersehntes Gefühl breitete sich in seiner Seele aus. Selbst der Gesang der Zikaden schien die Ruhe bei Nacht zu verteidigen.

Nach all den aufbrausenden Ereignissen, die durch Verarbeitung zur Reife gelangten und sich durch innere Ruhe klar gliederten, erwachte in Ramon das Gefühl, dass alles dort enden sollte, wo es seinen Anfang genommen hatte. Gemeinsam brachen sie auf zur Betonwüste. Dort besuchten sie das junge Paar, mit dem Ramon das Osterfest verbracht hatte. Nochmals wurden sie eingeladen und das Gästezimmer war bereits hergerichtet. So ließ die lockere und herzliche Stimmung unter ihnen nicht lange auf sich warten. Die Einladung fand freudige Anerkennung.

Tags drauf, ihrem Wunsch nachkommend, zeigte Ramon der Schwester das Studio, in dem er seine Werke vollbringen durfte. Ebenso stellte er ihr den Studiokollegen vor. Sie blieb freundlich, doch distanziert. Die Gegend kam ihr merkwürdig gefährlich vor. Sie wunderte sich, dass Ramon – als Fremdem – während der ganzen Zeit nichts zugestoßen war.

Zum Abendessen besuchten sie ein Lokal, welches Ramons Verlangen nach Stille entsprach. Angeregt durch den Studiobesuch erwähnte die Schwester seine künstlerische Arbeit. Als eine Kennerin der kontemporären Kunst fand sie den herrschenden Zeitgeist nicht in seiner Vorgehensweise vor. Ihr gefiel sein Mut, der Versuchung der Mode entgegenzuwirken. Mehr noch wollte sie über sein Anliegen in der Kunst erfahren. Ihre Unterhaltung war kreativ und diente dazu, die Intensität der kurz erlebten Zeitspanne zu mehren. An diesem Abend vergaß er vollends, dass er sich in der Betonwüste befand. Alles schien rund, nirgends war er fähig, anzuecken. Dieser Moment gehörte der Ewigkeit.

***

Am Rande der Betonwüste existierte ein aufgegebenes Bergwerk zur Gewinnung von Salz. Auf Wunsch der Schwester tauchten sie ein in die gesalzene Erde. In den Minen, unter Tage, fand man den gesamten Kreuzweg der Osterprozession vor, aufwendig in Stein gearbeitet und aus Salzkristallen gehauen. Die plastischen Darbietungen der vierzehn Stationen endeten in einer Kapelle. Säulen, Wände und Gewölbe zeugten vom mühseligen Ausschachten, gleich der Minen Schächte. Die großzügig ausgehobene finstere Gruft beengte Ramons Seele. Ein unmittelbares Verlangen, sich aus der Erde zu erheben, bedrängte ihn.

Den unterirdischen Wegweisern folgend, stießen sie auf ein Besucherlokal. Der schwarz ausgeschachterte Höhlenraum, günstig beleuchtet, mit Mobiliar eingerichtet, lud zu einem Getränk ein. Zum Aufwärmen bestellten sie schwarzen Kaffee.

Das Aroma frisch gemahlener Kaffeebohnen weckte, neben dem aschfahlen Geruch der Erde, eine unbestimmte Erinnerung in Ramon. Während er seine dunklen Seelengründe abwägend betrachtete, verweilte die Schwester zugewandt an seiner Seite. Ab und an sprach sie zu Ramon, als wolle sie damit verhindern, dass der Abgrund ihn schlucke.

Zu guter Letzt gingen sie gemächlich dem Ausgang entgegen. Im dunklen Gang, die ersten Sonnenstrahlen erblickend, nahm die Schwester Ramon in ihre Arme und küsste ihn zärtlich. Er schaute in ihre dunklen Augen, die immer lichter erschienen. Aus ihnen sprach Liebe. Seine Hände suchten, die ihre zu halten. Unweigerlich löste sich der Griff. Seine Kraft schien im Unterirdischen verloren gegangen. Während Ramon wie angewurzelt im tristen Gang dastand, sah er zu, wie die Schwester dem Tageslicht entgegenging. Sein Blickfeld wurde immer verschwommener, da seine Augen sich mit Tränen füllten. Er empfand Leere. Eine Einsamkeit, Verlassenheit, in deren Vakuum alle Erinnerungen gleichlaufend, ohne zeitliche Abfolge, sein Inneres durchfuhren. Vorhanden und auch wieder nicht. Fülle und Leere zugleich. Derweil Ramon sich der Fülle verschloss, entriegelte die Leere das Tor seines Herzens. Es öffnete sich so weit, dass er den Weg zu seiner Heimat wiederentdeckte. Es war Zeit, das Tor zu durchschreiten. Es war Zeit zum – Aufwachen.

Quellenverzeichnis

Friedrich Schiller / Über die ästhetische Erziehung des Menschen
Reklam 18062
Brief Nr. 15 / Seite 62 / Zeilen 26–28
Brief Nr. 27 / Seite 120 / Zeilen 16–22
Brief Nr. 11 / Seite 43 / Zeilen 17–25
Brief Nr. 26 / Seite 110 / Zeilen 19–27

Die „Traumdeutung" im Kapitel „Das Leben auf dem Hügel"
wurde inspiriert durch Novalis / Blütenstaub Nr. 16, 17